수화

수화

이화경 소설

민음사

차례

수화(手話)

1

1915년(49세)
신년 연하장에 죽을지도 모른다는 내용을 씀.

  새해 벽두부터 지인들에게 보내는 연하장에다 자신이 죽을지도 모른다는 신년 하례를 하는 남자. 나쓰메 소오세키(夏目漱石). 그의 연보를 워드로 친다. 손이 곱는다. 아니다. 정확히 오른쪽 약지, 중지, 검지는 곱을 수가 없다. 마디가 잘려나간 손가락 끝의 얇은 피부가 퍼렇게 얼어 있다. 허벅지 살을 떼어다 이식해 놓은 손가락 끝은 추위에 절절 저린다.

며칠째 그의 소설을 워드로 치고 있다. 매화나무 가지로 만든 횃대에 앉아 가늘고 긴 연분홍 발목으로 버팅기면서 찌요찌요 우는 문조(文鳥)를 〈가랑눈의 정(精) 같은 느낌〉이라고 표현한 나쓰메 소오세키의 글을 입력하면서, 나는 화덕 위에 노릇노릇 구워진 참새 구이를 떠올렸다. 이 작업이 끝나면 석유를 살 수 있을 것이라는 기대로 몇 번씩 곱아오는 손가락들에 입김을 불어넣으며 자판을 치고 있다. 지독하게 추운 날씨다. 목폴라에 두툼한 스웨터를 껴입어도 며칠째 온기라곤 내 자신의 체온 외엔 준 적이 없는 방의 냉기는 보란 듯이 야멸차게 차갑다.

작업을 하면서 글에 감정이 이입되는 경우는 드물다. 오자와 탈자, 띄어쓰기, 행간, 줄 간격, 글자 크기에 온통 신경을 집중해야 하는 작업의 특성 탓이다. 낯익은 사람의 얼굴, 익숙한 거리의 풍경, 잘 아는 서점의 책들, 늘 말해 왔던 사물의 이름들, 그런 것들을 찬찬히, 곰곰이, 오래 들여다보면 참 낯설어지는 것과 비슷하다. 제 이름을 써놓고 수십 번 읽어보면 이름에 부여된 의미는 없어지고 단순한 기호로만 읽혀지는 뜨악함과도 비슷하다.

오랜만에 작업 의뢰를 받고서 소오세키의 글을 교정하고 교열하면서 나는 추위에 사로잡혀 있다. 추위와 악어 입처럼 쩌억 벌어져 있는 텅 빈 지갑에 대한 막막함으로 일을 해나갈 뿐이다.

신년 연하장에 자기가 죽을지도 모른다고 썼다는 대목을 치다가 나는 멈췄다. 자신의 죽음을 예견하는 것은 그리 드물거나 기이한 일은 아니다. 나도 문득 내 죽음을 예감할 때가 있다. 예감이 아니라 상상한다고 하는 것이 더 정직한 말일지도 모르지만 말이다. 내 나이도 적은 나이가 아니다.

서른아홉. 신년 연하장이 아니더라도 내 자신이 죽을지도 모른다, 고 누군가에게 쓰고 싶을 때가 있다. 나쓰메 소오세키는 다섯째 딸인 히나코가 급사한 경우를 빼고는 후데코, 츠네코, 에이코, 아이코, 준이치, 신로쿠라는 네 딸과 두 아이들이 그의 사망 후에도 남겨져 있지 않은가.

이른 폐경기에 맞닥뜨린 나는 아이도 하나 없다. 혈혈단신인 독신녀가 죽을지도 모른다고 연하장에 쓰는 것과는 절박감이 다를 것이다. 아니다. 소오세키는 유명한 작가였으므로 그가 남긴 유언에 가까운 말들은 주위와 문단을 뒤흔드는 일대 사건이 될 수 있을지도 모른다. 차가운 단칸방에 처박혀 남의 글이나 교정하거나 교열을 보는 여자가 그런 말을 연하장에 남기면, 신년초부터 재수없는 연하장을 받았다고 투덜거릴 게 뻔하다. 죽음은 같을지 모른다. 하지만 죽음의 계급, 죽음이 불러일으키는 반향과 진폭은 절대로 평등하지 않다.

내가 죽어도 열 세대가 사는 이 다세대 주택에서 어느 한 사람도 들여다보지 않을 것이다. 막다른 곳에 위치한 내 방까지 들여다볼 여유는 아무에게도 없을 것이다. 수도 요금이며 전기세 같은 것들이 연체되었을 때, 비로소 주인이 독촉하기 위해 신경질적으로 문을 꽝꽝 두들겨보다 기척이 없음을 알고 홱 돌아설 것이다. 지금은 연초이자 월초이므로 이 순간 내가 죽는다 해도 발견되기까지는 최소한 한 달, 최대한 두 달은 걸릴 것이다. 겨울이므로 부패는 느리게 진행될 것이고, 명절 뒤에 내다버린 음식물의 악취에 섞여 내 시신이 썩는 냄새를 구별해 내기란 쉽지 않을 것이다.

예술가들의 글을 작업할 때가 가끔 있다. 그들의 연보를 읽으면 지나치게 굴곡이 심한 난코스를 가속으로 달리는 랠리 경기를 한바탕 본 것 같은 어지러움이 느껴진다. 앓지 않는 경우는 거의 드물다. 오히려 앓았기 때문에 예술 작품이 나오는 건지, 예술을 해서 앓게 된 건지 알 수 없을 정도이다. 앞뒤가 뒤바뀌어도 상관은 없다. 중요한 것은, 그들의 환부(患部)는 빛나는 날개를 달고 우화(羽化)할 수 있었던 우듬지가 되었다, 라는 것이다. 누구나 앓는다고 예술을 하는 것은 아니다. 로트렉이 곱추가 되어서 예술을 한 것이라면, 세상의 곱추는 모두 예술가가 되어야 한다. 그러나 많은 곱추들은 제대로 문밖에 나오지도 못하고 생을 마친다.

나도 아프다. 손가락이 세 개나 결핍되어 있다는 것은 어찌 됐든 상처다. 상처의 흔적이 남아 있다. 그러나 내 상처로 인하여 예술이 창작된 것은 아니다. 나는 그저 예술가들의 생을 기록한 글이나 그들의 원고를 교정할 뿐이다.

프리랜서. 여성지에 신종 인기 직업으로 자주 등장하는 직업이다. 여성지는 늘 그렇듯이 확인되지 않은 것들을 자료 화면까지 실어놓고 기정사실화시켜 버린다. 전문대나 사년제 대학을 졸업해 놓고서도 마땅한 직업을 찾지 못한 여자들은 매일 신문의 구인 광고란이나 여성지의 잘나가는 여성 직종에 대한 기사들을 샅샅이 살펴볼 것이다. 심지어는 지하철이나 카페의 화장실에 붙어 있는 구인 스티커에도 자연스레 눈길이 쏠리는 여자들이 얼마나 많을 것인가. 변기에 쭈그리고 앉아서 〈초보 환영, 숙식 제공〉 따위의 광고 문구를 뚫어지게 쳐다보고 난 뒤, 초보를 환영하는 곳이 이 땅 위에선 그렇고 그런 곳이라는 눈가리고 아웅하는 얄팍함에 실소를 머금을 것이다.

학교 교육을 받아들이지 않고 수많은 책을 보면서 고독 속에서 자신의 언어에 대하여 숙고한 자는 너무도 행복하다, 라고 프랑스의 바슐라르라는 노철학자는 말했다지만 이곳에서 학교 교육을 받지 않고 할 수 있는 일이란 공장에서 평생을 썩는 일 외에는 없다.

프리랜서. 고독 속에서 언어에 대해, 낱말에 대해, 띄어쓰기에 대해, 눈알이 침침해지도록 들여다보고 또 들여다보는 일을 한다는 점에서 바슐라르와 비슷하다. 다른 점이 있다면 그는 자신의 언어에 대해 숙고한다는 점이고, 나는 타인의 언어나 활자에 매달려 먹고 산다는 점이다. 또 한 가지가 있다. 그는 그 창조에 행복해한다는 점이고, 나는 작업에 행복해하지 않는다는 점이다. 일이 없으면 그대로 기아선상에서 헤맬 수밖에 없는 것이 프리랜서란 직업이다.

오랫동안 일이 없었다. 일이 없었으므로 난 프리였다. 프리는 굶는 데도 프리였다. 굶으면서도 『굶주림』이라는 소설을 써서 노벨 문학상을 받을 수 있는 토대를 마련한 작가도 있지만, 나는 예술가가 아니다. 염치없는 식욕과 척추를 휘게 하는 추위를 맘껏 누려도 되는 잔인한 프리의 생활을 견디기란 쉽지 않다. 전화비만은 절대로 연체하지 않는 이유는 혹시라도 내게 일거리를 주려는 기획사나 출판사의 연락이 있을까 하는 기대 때문이다. 전화선은 세상과 내가 소통하는 유일한 끈이다.

일차 워드 작업이 끝났다. 번역자에게서 일차 수정확인을 받으면 이차 작업으로 들어가게 된다. 이마로 열이 후끈 솟구친다. 호르몬 주사를 맞아야 할 모양이다.

몇 달 전 갑자기 온몸에 헬리콥터 한 대가 프로펠러를 거칠게 돌리면서 착륙하는 것과 같은 심한 흔들림을 느끼면서 잠에서 깼다. 수백 개의 뼈들이 부서지는 것 같은 통증이 느껴졌다. 착륙한 헬리콥터 바퀴에 손발이 눌리는 것 같은 아픔 때문에 진저리를 쳤다. 주택 단지에 있는 내 방에 헬리콥터가 내렸을 리가 만무했지만, 내 몸에 내려앉은 헬리콥터의 무게는 절실했다.

사위는 조용했다. 새벽의 엷은 빛이 창가에 어릿거렸다. 나는 착륙한 헬리콥터 한 대의 무게를 몸으로 고스란히 받으며 한참을 꼼짝도 하지 못하고 누워 있었다. 열려 있는 모든 세포가 소켓에 꽂힌 듯이 저릿거렸다. 두꺼운 냄비가 끓어오르듯 전신에 열이 자글자글 끓었다. 납덩이처럼 무거워진 팔을 들어 얼굴을 만져보았다. 얼굴 가득 피어 있는 열꽃이 건조한 손바닥 가득히 좁쌀알처럼 잡혔다. 몸살 감기에 걸렸거니 생각하고 동네 약국에서 감기약을 조제해서 먹었다.

아무 일도 없는데 가슴이 뛰기 시작했다. 미래에 대한 턱없는 불안이 엄습했다. 이렇게 아무도 없는 상태에서 죽을지도 모른다는 두려움, 죽은 뒤에는 스스로를 책임질 수 없다는 두려움이 죽는 것 자체보다 더 암담한 일로 다가왔다. 쓸 만한 장기(臟器)도 없을 터이지만, 그런대로 꺼내서 이용할 만한 부분이 있다면 누구에게 주든지 별 상관이 없다는 생각이 들었다. 문제는 그 이후인 것이다. 헤집어진 몸을 쓰레기 소거하듯 쓸어담아 화구에 집어넣어 태운 뒤, 분쇄기로 갈아 강이나 산언덕에 뿌리든 63빌딩 옥상에서 날리든 상관없는 일이지만, 그 소소한 일들을 맡아서 처리해 줄 수 있는 사람이 없다는 게 절망으로 다가왔다. 말이

쉽지 장례를 치르는 절차는 얼마나 까다롭고 번잡할 것인가. 살면서 대단치는 않지만 끈끈하게 유대를 형성했던 관계가 아니면 뒷감당할 사람에게는 보통 일이 아닐 것임이 분명하다.

유서를 쓸까, 라는 조금은 심각한 생각이 들었다. 유산이라곤 인출하면 몇천 원의 숫자밖에 찍혀 나올 게 없는 가난한 통장밖에는 없다. 사십 평생을 치열하게 살았다고는 말할 수 없지만, 게으름은 피우지 않고 살았는데도 소유하고 있는 게 터무니없을 정도로 없었다. 무소유의 미학을 터득한 것은 더더욱 아닌데도 말이다. 평생 푸른 나무를 찍어도 죽은 나무만 뜰에 쌓인다, 라는 시 구절이 내 평생을 두고 한 말이 아닐까.

감기가 아니었다. 몇 달째 월경이 비치지 않았지만 그냥 건강 상태가 안 좋아서일 것이라고 생각했을 뿐이었다. 평소와는 다르게 오래가는 감기에 기력이 없어질 무렵, 병원을 찾았다. 병력과 증상을 체크하던 의사의 눈빛이 예사롭지 않았다. 의사가 〈폐경기가 온 것 같군요〉라고 조심스럽게 운을 뗐을 때, 나는 피잇, 하고 웃었다. 이제 서른아홉일 뿐인데 벌써 폐경기에 이르렀다니. 이제 겨우, 서른아홉.

2

이제 겨우 열아홉 살인데, 난 이제 겨우 열아홉 살인데…… 이제 겨우……라고 소리를 지른 적이 있었다.

정확히 이십 년이 경과한 뒤에 나는 다시 이제 겨우, 라는 말을 똑같이 되뇌고 있는 것이다. 사망 진단을 받는 날에도 나는 이렇게 외칠 것인가. 오, 이제 겨우 몇 살인데, 라고 말이다.

임신 한번 해보지 않은 자궁이 이제 캄캄히 문을 닫은 것이다. 구체적으로 아이를 생각해 본 적은 없었다. 가정을 이루고 사는 일도 재능이다. 사이좋게 오순도순 살든, 사랑한다고 말하면서 서로의 목을 조르며 살든, 함께 사는 일을 해낼 수 있는 것도 재능이다. 하루 종일 내 자신을 견디는 것만으로도 탈진 상태가 되곤 하는 내가 누군가와 일상을 견딘다는 것은 두려운 일이다. 도대체 함께 하는 일에는 젬병인 내가 할 수 있는 일이란 지겹지만 나를 견디는 것뿐이다. 단지 사람 노릇이 버거운 것뿐이다.

하지만 말랑말랑한 여린 피부에 먹포돗빛 눈으로

순결하게 대상을 응시하는 아이에게 주책없이 눈길이 머무는 것은 어쩔 도리가 없었다. 나를 닮은 또 다른 존재가 내 삶을 이어서 나라는 존재를 유전시켜 주리라는 거창한 욕심 따위는 없었다. 하지만 잠든 아이를 만지고 토닥이며 아주 가까이서 확인하고 싶은 욕망이 일곤 했다.

매달 피가 비치면 귀찮기보다는 괜스레 마음이 안정되었던 것도 임신 가능성 때문이었다. 하지만 나는 성모 마리아가 아니다. 신의 계시로, 신의 말씀 한마디로 남자 없이 빈 자궁에 예쁘고 총명한 사내아이가 덜컥 들어와 앉을 수는 없다. 임신의 가능성이 있을 때 여자는 여자이다, 라고 편견으로 가득한 생각을 하고 있다고 비난해도 어쩔 수 없다. 한번 고착된 편견은 쇠못처럼 단단해서 힘들여 빼낸다 해도 구멍은 남는다. 편견의 흔적이 남아 있는 것이다.

호르몬 주사를 맞도록 권유했던 의사는 조심스럽게 슬하에 자녀가 몇이냐고 물었다. 슬하(膝下). 가랑이 사이로 빠져나와 무릎 아래로 떨구어져 내리는 것이 아이던가. 내 무릎 밑으로 귀를 빠뜨린 아이는 단 한 명도 없다, 고 말할 뻔했다.

성처녀가 아이를 낳기도 전에 성극(聖劇)의 연출자

가 커튼콜을 외쳐버린 꼴이었다.

　이번 명절에도 나는 고향에 내려가지 못했다. 정확히 말하면 십년 가까이 고향에 내려가지 않았다. 가족들이 원하는 사람 노릇을 제대로 하지 못한 탓이다. 그들은 자신들의 삶과는 이질적인 내 삶의 모습을 인정하려 들지 않는다. 그들이 원하는 것은 내가 남들 사는 모양새나마 갖추고 살아 자신들의 심적 부담을 덜어주는 것이다. 작은 종지에 찬밥덩이처럼 갇혀 세상 밖으로 나서지 못하는 피붙이에 대한 안타까움을 모르는 바는 아니지만, 그들의 바람을 정면으로 맞닥뜨리는 것에 나이 들수록 민망함이 더해지고 있는 것만은 사실이다.

　어머니는 차라리 애비 없는 아이라도 하나 만들어 늙은 뒤에라도 의지하며 살기를 노골적으로 바라고 있는 눈치다. 절름발이도 청맹과니도 다 사람 노릇하고 사는데, 손가락 세 개 없는 게 뭐 그리 흠될 게 있느냐며 혀를 끌끌 차신다. 결혼하지 않는 것이 손가락 세 개 없는 탓이라고 철두철미하게 믿으신다. 어머니가 그렇게 생각하는 것이 오히려 마음 편하다. 세상과의 불화로 인한 것이라고 설명한들 이해될 리 만무하다. 내가 사람 노릇 못하는 것이 어머니의 평생 그늘이다. 나는 그 그늘을 없애줄 자신이 없다. 눈에 보이지 않으면 잊혀질 것이므로 내려가지 않는 것이다.

신년 연하장에 자신이 죽을지도 모른다고 쓴 나쓰메 소오세키는 다음해에 만성 위궤양으로 죽었다. 일 년 뒤의 연하장에도 그는 자신이 죽을지도 모른다, 고 지인들에게 썼을까. 아마 쓰지 않았을 것이다. 멀고도 임박한 죽음은 누구에게나 생 안에 내재해 있다. 죽을지도 모른다고 생각한 뒤에도 살아남아 있을 때의 멋쩍음으로 그는 아마 쓰지 못했을 것이다.

그의 연보 작성이 다 끝났다. 그의 생애는 한 권의 텍스트로 남았다. 앞뒤 플롯이 완벽한 한 권의 텍스트로 그는 영원히 낯도 모르는 이국 독자들의 손에 넘겨져 읽힐 것이다. 육십 년의 생애가 용해된 텍스트 속의 하루하루를 독자들은 오독할 것이다. 누군가를 안다는 것은 어떤 의미에서는 자기 식으로 오해하는 것이 아닌가. 나는 당신을 사랑합니다, 는 나는 당신을 오독합니다, 와 같은 의미인 것이다.

3

 전화벨이 울린다. 드르륵 드르륵 드르륵. 프린터에
서 원고가 출력되는 소리 때문에 작은 전화벨 소리를
잘 듣지 못했다. 작업을 할 때는 극도로 예민해진다.
시계 초침 소리도 지독한 소음으로 귀에 전달되어 오
기 때문에 시계 전지를 빼버렸다. 전화벨 음량은 거의
최저로 낮춰놓았다. 그런데도 출력하는 소리와는 다른
음파가 귀에 닿는다.
 「여보세요」
 가까스로 감지한 전화벨 소리에 나는 거의 튀듯이
수화기를 잡는다.
 「저, 저, 거기 임 지 순 씨 계실까요?」
 그녀다. 어떻게 그녀의 목소리를 잊을 수 있단 말
인가.

4

 나는 한 여자를 사랑했다.

20

5

이제 겨우 나는 열아홉 살이다, 라고 소리를 지르던 해였다. 그 나이에 그녀를 만났다. 다섯 시간의 수술 끝에 마취에서 깨어난 뒤, 흐릿한 의식 속에서 회복실의 푸른 형광빛에 어룽지는 윤곽을 확인하기 위해 양미간을 모았다. 형광빛의 역광을 받은 얼굴 몇이 표면 장력이 생긴 것처럼 내 아른한 의식 속에서 수축되었다가 다시 확장되곤 했다. 어지러웠다.

얼굴의 윤곽보다 표정이 먼저 내 눈에 들어왔다. 그들의 표정이 예사롭지 않다고 느낀 순간, 나는 내 상황을 인식할 수 있었다. 테이프를 리와인드시키는 것처럼 두 손이 묶인 채 하나 두울 세에에엣을 미처 세지도 못하고 마취가 된 것, 수술실 문이 와락 열리던 것, 응급실에 실려온 것, 택시를 잡아탄 동네 아저씨에 기대어온 것, 리어카에 실려 울퉁불퉁한 신작로를 달리던 덜컹거림, 수건이 둘둘 말린 오른손에 흐르던 선혈이 길에 뚜욱뚝 해당화 꽃잎처럼 떨어지던 것, 갓 베어온 풀이 눅눅하게 시들어가며 열린 잎맥마다 뿜어내던 짙은 식물 내음, 땡볕에 암청색으로 음험하게 튀던 작두날, 싹뚝 잘려 나간 세 개의 손가락. 그곳에서 화면은 정지되었다.

지지직거리며 끊기던 화면을 이으면 여름 방학 마지막 날, 시골 어머니에게 아무런 도움도 주지 못하고 대학 나부랭이나 가겠다고 독서실 의자에 앉아서 자고 일어나는, 어제가 오늘 같고 다음날이 오늘과 같은 이십 며칠간의 허름하고 답답한 여름날이 겨우 채워질 것이다.

딸이면 중졸로 아들이면 실업계 고졸로 인생을 결정한 집안의 룰을 어쭙잖게 깨뜨리는 작은 반란이 어린 나에게도 감당하기 어려운 무게로 가슴을 눌렀다. 그러나 그러한 감정 표현은 화면에 잘 드러나지 않을 것이다. 집안 형편을 알면서도 인문계 여고로 유학을 가서 집안의 말없는 눈총을 받으며 공부한 것이 죄책감을 유발했다. 고삼이면서도 알아서 취업반에 들어가 타자나 교습받고 부기나 배워둘 염은 아예 없는 막내를 가족들은 그저 말없이 바라보고만 있을 뿐인 것을 모를 리 없었다. 하나, 독한 파마약에 평생 손을 담그거나 지독한 구린내가 나는 지폐 다발을 아무 의미도 없이 세는 짓은 죽어도 하고 싶지 않았다. 앞으로 남은 생이 그것뿐이라면 이쯤에서 생을 마감하는 게 현명하다, 고 생각했을 뿐이다. 단지 싫었을 뿐이다.

형제들의 생은 흘러가는 세월에 남아 있는 젊음을 차례로 무너뜨리는 도미노 게임일 뿐인 것이다. 적어도 그 나이의 내겐 그렇게 비쳤다. 그래도 미안한 것은 미안한 것이다. 다랑논에 물 대느라, 묵정밭이나마 자식들 먹일 소출을 심을 요량으로 호미질을 하고 있을 어머니를 도와주지 못한 것이 미안했다. 그래서 방학이 끝나기 며칠 전에 시골로 내려가 손에 익지 않은 작두질을 혼자 한 것이 화근이었던 것이다.

  정지된 화면을 더 앞으로 리와인드시켜 볼 수가 없었다. 난 이제 겨우 열아홉 살인데……. 누선을 압정으로 찌르는 것 같은 맹렬한 슬픔이 느껴졌다. 왜 그 순간 그런 말을 되뇌었을까. 하염없이.
  돌이켜 보면 열아홉은 적은 나이가 아니다. 그 나이에 나는 삶을 다 살아버린 것 같다고, 일기장에 자신 있게 쓰곤 하지 않았던가. 아프다고 소리치지도, 절망스럽다고 몸을 뒤척이지도 않으면서 왜 이제 겨우, 이제 겨우만을 읊조렸을까. 그때 이미 난 내 인생이 이렇게 흐를 것이라는 예감을 불행하게 확인한 것은 아니었던가, 하고 그 이후 생각했다. 불행과의 친화력을 나는 늘 예감해 왔던 것이다. 닳아서는 안 되지만 종내는 필연적으로 닿게 되어 있는 운명과의 불가피한 친화력이 누구에게나 있듯이, 어떤 형태인 줄은 모르지만 언젠가는 봉착하게 되어 있는 불행의 기미들에 대한 강력한 느낌 말이다. 이제 겨우, 라고 뇌까린 것은 생각보다 빨리 맞닥뜨린 것에 대한 쓸쓸함에서 연유한 것이었다. 이건 내가 수용해야 할 상황이 아니라고 도리질을 치면 칠수록 목을 옥죄는 칼을 뒤집어쓴 형국이라는 것을 인정한다 하더라도, 열아홉 살의 여자아이가 마음 편하게 감내할 수 있는 형편은 아니었다.

잘려진 손가락의 신경 가닥을 잇는 일차 수술은 실패로 돌아가고 있었다. 주치의가 매일 니들을 들고 와서 손가락 끝을 콕콕 쑤셔댔다. 니들의 날카로움은 전혀 전달되지 않았다. 온 신경을 손가락 끝으로 집중해도 통증이 느껴지지 않았다. 붕대를 감은 손을 건드리는 뭉툭하고 둔중한 흔들림만 전달되어 올 뿐, 손가락마다 깊숙이 찔러보는 주치의의 옆 얼굴을 참담하게 쳐다볼 수밖에 없었다.

아악, 일순간에 직렬로 쇠꽂이를 박는 듯한 통증이 정수리에 뜨겁고도 차갑게 와닿았다. 찰나의 통증 속에서도 가슴 한 켠으로 따뜻한 훈김이 퍼지는 것 같았다. 통증을 느끼다니. 아픔을 예리하게 느끼는 것은 살아 있음의 강력한 증거다. 봉합한 손가락들이 아무런 반응을 안 보이자, 의사가 엄지손가락을 찔러본 것이었다. 마비가 전이되지 않았을까 하는 우려 탓이다. 기적은 나타나지 않았다. 미미한 구원의 흔적조차 찾아볼 수 없었다. 떨어져 나간 손마디를 너무 늦게 챙겨들었다는 것을 이제 와서 후회한들 아무 의미가 없었다.

일주일 만에 보랏빛으로 변색되어 가는 세 손가락의 손톱이 붙어 있는 두 마디를 자르는 이차 수술을 하고 난 뒤, 허벅지 살을 떼어내어 피부 이식을 하는 삼차 수술을 하고 나자 가을이 와버렸다.

병실 창 밖으로 보이던 붉은 샐비어와 봉선화가 지고 있었다. 기대의 밀도가 너무 높았다. 나는 입원 내내 수천 가닥의 신경 세포들을 단 손가락 세 개에 집중하고 있었다. 손가락이 없어진 사실을 인정하고 나자, 참을 수 없는 피로가 나를 덮쳤다.

세 번의 수술을 하고, 세 번의 마취 끝에 깨어난 뒤에도 어머니는 한번도 오지 않았다. 내 자식 병신 된 꼴 어미 심정으로 두 눈 뜨고 볼 수 없다는 것이 그 이유였다. 제각각 살기 바쁜 언니나 오빠들도 매한가

지였다. 먹고 살기 힘든 살림에 짐 하나 더 실어준 꼴
이 되어버린 것이다.

첫 수술 뒤엔 올망졸망한 딸이 셋이나 딸린 미장원
을 하는 큰언니가 지켜보다가 떠났다. 두번째는 올케
가 과장된 슬픔을 얼굴 가득 한껏 우그러뜨리고 쳐다
보다가 떠났다. 세번째는 혼자 걸어서 병실로 갔다.

국부 마취된 허벅지의 얼얼함을 새벽까지 진통제 없
이 견뎠다. 내게 일어났던 일은 단지 해프닝에 불과할
뿐이었다. 단지 내게 일어났다는 것이 나에게만 절망으
로 느껴지고 있을 뿐이었다. 나는 세계의 중심이므로.

갑자기 모든 일의 절대적인 절망에 눈을 뜸으로써
나는 겨우 구제된 듯한 느낌이 들었다. 희망을 버림으
로써 나를 누르던 어떤 거대한 하중(荷重)이 스르르
미끄러져 내리는 것을 느끼고 있었다. 그 어떤 것에도
매달리지 않고 지리멸렬하게 견디리라 다짐했다. 인적
없는 텅 빈 세계의 중심에서.

6

인적없는 텅 빈 세계의 중심으로 그녀가 걸어오고

있었다.

　나는 나무 벤치에 길게 누워 있었다. 내 눈에 보이는 것은 은사시나무의 푸르른 끝과 그 끝에 위태롭게 걸려있는 넓고 넓은 가을 하늘이다. 이명처럼 여자아이들의 재잘거림이 가까워졌다 멀어졌다 했다. 일 점이라도 더 얻어내기 위해 안간힘을 쓰면서 철봉에 턱을 걸고 매달리는 아이들, 터질 듯이 부풀어오른 젖가슴과 처진 엉덩이를 흔들며 백 미터 달리기를 하는 아이들, 멀리뛰기를 위해 도움닫기를 하는 아이들과는 나는 너무도 멀리 있었다.

　체력장 시험이 치러지고 있었다. 압박 붕대를 매고 한 손은 벤치 등받이에 올려놓은 채, 나는 멍하니 하늘만 쳐다보고 누워 있다. 참석을 하면 기본 점수가 배당되기 때문에 수험표를 가슴에 달고 누워 있다.

　가끔 구름이 벤치 위에 머물면 그늘이 지곤 했다. 수술 후 영양을 제대로 보충해 주지 못하고 독한 항생제만 맞고 먹어댄 몸은 외부의 엉키고 비비적거리는 소음에도 지나치게 긴장하고 피곤을 느꼈다.

　구월 햇빛은 맹렬하고 거칠었다. 어질머리가 일었다. 몸은 밑바닥으로 갈앉아가고 있었다. 뒤뚱거리는 세계의 계면(界面)에 놓여 있는 것 같은 낯설음, 스스로의 존재에 대한 이물감, 자글거리며 운동장의 모래 알을 달구는 뜨거움 속에 드라이아이스를 내리 부어버리는 것 같은 냉랭함, 붕붕거리는 소음 속에서의 진공 상태와 같은 먹먹함 들이 벤치에 길게 누운 몸을 휩쌌다. 식은땀이 이마에서 죽처럼 흐르고 있었다. 관뚜껑처럼 닫히는 눈꺼풀. 눈알이 닫힌 눈꺼풀 안에서 뜨겁게 까끌거렸다.

이마에 서늘하게 닿는 젖은 물수건의 감촉. 열에 들뜬 볼을 어루만지는 도톰한 손바닥의 말랑말랑하고도 적당히 땀이 배인 촉촉한 감촉. 그 안온함에 나는 한참을 눈뜨지 않았다. 배꼽으로, 가슴으로, 목으로, 천천히 만조처럼 차오르는 따뜻함에 나를 맡겼다. 따뜻함이 눈으로 밀려들었다. 머리까지 잠기고 있었다. 미동도 하지 않고 차오르는 물살에 몸을 담그고 있었다. 사무침이, 슬픔이, 설움이 잠긴 몸을 진동시키고 있었다. 목울대를 밀고 울음이 터져나왔다. 꼭 죄었던 마음이 풀려나오고 있었다. 눈물이 한줄기 흘러내렸다. 귓불을 타고 내려오다가 귀 안으로 들어갔다. 고막으로 흘러든 눈물 때문에 나는 깊은 물 속에 잠긴 듯 먹먹했다. 부드럽게 눈물을 닦아주는 손길.

열아홉에 나는 세기말을 겪고 있었다.

누구나 살다 보면 묵시록적인 세기말을 겪을 때가 있다. 생이 종말처럼 다가올 때 한 그루의 사과나무를 심을 수도 없고, 서둘러 신의 제단에 헌화할 수도 없이, 그저 자신 앞에 닥친 마지막을 캄캄히 견디는 때가 있다. 나는 내 미래의 휘어 있는 길 앞에서 미열을 앓으며 오슬오슬한 한기를 느끼고 있었던 것이다. 머리카락 한올까지 적셔주는 손길에 나는 따뜻해지고 있었다.

어릴 적 열이 오르면 아리게 삼키던 쪽으로 만든 청대(靑黛)의 푸르른 서늘함 같은 것이 가슴을 적시고 있었다. 한쪽으로는 끝없이 솟구치며 흘러내리는 눈물을 닦아내고, 다른 한쪽으로는 이마에 올려놓았던 물수건을 다시 뒤집어주는 누군가의 손이 있었다. 젖무덤이 코끝을 스쳤다. 부드럽고도 달콤한 살 향기. 스친 젖무덤에서 아카시아 비누향이 났다.

얼마를 울었을까. 서두르지 않고 천천히 눈물을 닦아주던 손길이 멈췄다. 나는 비로소 눈을 떴다. 동그란 얼굴이 가만히 나를 내려다보고 있었다. 얇은 눈꺼풀을 깜빡이면서 그녀는 나를 안쓰러이 쳐다보고 있었다. 참하게 빗어내린 그녀의 까만 단발머리 위로 하늘이 푸른 바다처럼 넘실대고 있었다.

그녀가 다가오기 전에 올려다본 하늘, 잎에 패어들어간 하늘의 틈 사이로 작살처럼 쏟아지던 햇살에 눈이 찔리듯 아파서 눈을 감았다. 그러나 그녀가 다가온 후, 내가 누운 벤치 주위로 거칠던 햇살은 실크 천처럼 나를 감싸고 뾰족한 은사시나무들은 수초처럼 부드럽게 푸른 하늘을 가만가만 흔들고 있었다.

「몸이 열덩어리야. 해열제라도 먹어야 하지 않겠니?」

그녀가 물수건을 다시 뒤집어주며 일어섰다. 극지의 사막처럼 황량했던 내 몸이 고온 다습해지고 있었다. 일어서는 그녀의 손을 왼손으로 황급히 잡았다.

「가지 마. 여기 그냥…… 이대로 있어줄래? 잠깐 동안만, 아주 잠깐이라도……」

나는 비정상적으로 다급해지고 있었다. 손을 놓아버리면 영영 엄마를 잃어버릴 것처럼 불안해하는 버려질 아이처럼, 나는 그녀의 손을 꼭 쥐었다. 그녀의 손을 쥔 내 손이 떨고 있었다.

7

모든 벽은 하나의 문이다.

출구가 봉쇄되면 모든 벽은 출구가 된다. 탈출하려는 자의 막다른 절박감이 모든 벽을 문으로 만들기 때문이다. 그날 이후로 나는 그녀에게 몰두하기 시작했다.

그녀를 통해 나는 모든 것을 바라보았다. 그녀가 들려주는 음악, 그녀가 읊어주는 시, 그녀와 함께 걷는 교정, 그녀와 함께 나누는 잡담들……. 나는 그녀가 있었기 때문에 세상에 대한 낯설음을 견딜 수 있었고, 동시에 그녀 때문에 숨을 쉴 수가 있었다. 그녀가 다른 아이들과 이야기를 나누면서 미소 짓는 것마저 내겐 참을 수 없는 비통함을 주었다.

그녀는 나를 장악해 가고 있었다. 감정은 살갗이 벗겨져 나간 것처럼 그녀의 사소한 말 한마디에도 지나치게 꿈틀거렸다. 내 얼굴은 핏기가 하나도 없이 데스마스크처럼 창백했다. 그녀 이외에는 누구하고도 말을 하지 않았다. 다른 관계에 대해 문을 굳게 닫고 예민하게 그녀만을 좇는 눈은 우울하고도 뜨거웠다. 그녀를 위해서라면 나는 모든 것을 할 수가 있었다.

희푸른 박명이 터오면 나는 학교를 향해 걷고 또 걸었다. 만원 버스에 시달리며 아픈 오른손을 쳐들고 흔들리고 싶지 않았다. 교문은 늘 닫혀 있었다. 너무 이른 시간인 것이다. 연신 하품을 해대며 교문을 열어주는 수위의 눈길을 뒤로 받으며 교실로 들어갔다.

적막한 교실. 창가에 책상이 있는 한구석으로 가서 앉아 있으면 시월의 한기로 몸이 움츠러들었다. 몸을 쥐며느리처럼 둥글게 말아감고 숨을 쉬면 검온기의 온도가 올라가듯이 천천히 내 스스로의 체온에 몸이 따뜻해져 왔다.

빈 책상엔 아이들이 영어 단어나 수학 공식을 풀기 위해 미친 듯이 써대서 까맣게 된 연습지들이 조용한 공기에 눌려 있는 게 보였다. 그녀에게 편지를 쓰며 시간을 죽였다. 유서를 쓰듯이 매일 아침, 나는 그녀에게 연서를 썼다.

교실 창으로 투과해 온 햇살은 얼마나 다채롭던가. 잿빛이 섞인 다크 블루가 되었다가, 분홍이 섞인 스카이 블루로, 조명을 받아 흰빛으로 비치는 것 같은 라이트 블루가 될 때쯤이면, 아이들은 책상 하나씩을 엄폐물처럼 끌어안고 전쟁 같은 입시 공부를 시작했다.

나는 입시엔 관심이 없어졌다. 꿈이 사라진 자리에 나는 그녀를 놓아두었다.

그녀는 아이들보다 나이가 두 살이 더 많았다. 살집이 좋고 나보다 키가 두 뼘은 더 컸다. 반 아이들 모두 그녀를 언니라고 불렀다. 특별히 반 아이들을 제

압하는 제스처를 쓰거나 노숙한 티를 작위적으로 드러내는 타입은 아니었다. 단지 여고생답지 않은 분위기, 말하자면 처녀다운 성숙함이 그녀에게서 자연스럽게 발산되었을 뿐이다. 후덕한 보살 같은 얼굴에 별반 동요를 일으키지 않는 눈빛으로 정면을 응시하면서 그녀는 항상 교실 맨 뒷자리에 허리를 곧추세우고 단정히 앉아 있곤 했다. 그녀는 자신의 존재가 특별하게 취급되거나 도드라지는 것을 끔찍히 싫어했다. 남들이 자신을 다시 기억해 내는 것을 가장 싫어하는 쪽이었다. 누군가에게 강렬한 인상을 심어주기 위해 특이한 짓을 하는 아이들의 행동은 치기 만만한 소행쯤으로 여겼다. 누군가의 기억에 남는 것은 존재의 얼룩을 남기는 것과 별반 다를 게 없다는 것이 그녀의 생각인 것이다.

그녀의 문간방은 서쪽 바람벽에 작은 쪽창을 달고 있었다. 새벽이면 야간 완행열차가 방을 흔들고 지나가곤 했다. 그녀와 나는 조임쇠가 헐거운 침목처럼 그녀의 방에 누워 있었다. 쉽게 잠들지 못하는 우리의 몸을 레일로 삼고 기차가 달려나가는 것 같은 착각이 들 만큼 그녀의 방은 철로 가까이에 있었다.

그녀의 자취방으로 내 짐을 옮긴 뒤, 거두절미하고

반말로 그녀에게 물었다.

「왜 학교가 늦은 거니? 왜 두 살이나 늦게 들어갔어?」

그녀는 내 물음에 세월의 더께가 얹힌 듯한 낡은 전축의 턴테이블에 판을 올려놓으며 속삭이듯 말했다.

「오학년 때였어. 아빠가 사다주신 『보물섬』을 읽었어. 아빠는 늘 서울로 출장을 다니시곤 했지. 서울에 다녀오시면 어김없이 손엔 우리들 선물이 들려 있곤 했어. 위로 오빠가 둘이고 막내로 딸인 나를 낳았대. 엄마는 젖 먹일 때 말고는 나를 안아보지도 못했대. 아빠는 나를 안고 잠들고 나를 무릎에 앉히고 식사를 하시고, 친구분들 만나러 다방에 가실 때에도 나를 대동하셨다니까. 어느 날 아빠가 사다주신 『보물섬』을 읽기 시작했어. 양장본인 그 책은 그림이 아주 고급스럽고 색깔은 다채롭고 묘사는 실제처럼 세밀했어. 『보물섬』을 다 읽고 난 뒤, 나는 그 세계가 진짜로 있을 거라고 믿게 됐어. 아침이면 밀려오는 파도에 내 발이 적셔지고 벗어놓은 내 신발에 붉은 투구게가 들어와서 집을 짓는 그런 섬을 꿈꿨어. 날마다 난 보물섬엘 가는 꿈만 꾸었지. 아이들에게 보물섬을 이야기해 줬어. 처음에는 흥분을 하다가도 함께 그 보물섬을 향해서 떠나자고 하면 아이들은 주춤거리며 물러서곤 했어. 혼자 갈 수밖에 없는 외로움에 잠깐 서글퍼지기도 했지만, 그 꿈은 너무도 강력하게 나를 이끌어서 혼자라도 가야겠다는 결심을 굳혔어. 그러던 어느 날 새벽에 전날 준비한 가방을 들고 집을 나섰어. 역에 가보니 부산이란 지명이 보였어. 집으로부터 가장 멀리, 그리고 바다가 가장 가까운 곳이라는 이유만으로 나는 부산으로 가는 기차를 탔어. 부산에 도착해서 몇날 며칠을 보물섬이 있는 곳을 찾아보았지만 끝내 찾을 수가 없었어. 보물섬 대신 늘 바다가 시퍼렇게 보이는 신발 공장에 들어가서 이 년을 보내고 왔어. 투구게가 들어오는 대신에 낯선 사람들의 발을 담는 신을 이 년 동안 만들면서 보냈어. 그리고 집에 돌아온 거야. 그뿐이야」

그녀의 입안에서만 맴도는 작은 목소리 탓에 듣는 나는 필요 이상으로 귀를 모두어야만 했다. 속삭이듯이 말하는 그녀의 작고 가는 목소리는 그녀가 뱉어낸 비정상적인 말들의 충격을 격감시켜 버리는 효과를 주었다. 그녀가 쏟아내는 엄청난 말들도 읊조리는 음성으로 인해 의미가 축소되어 전달되어 왔다. 거의 방백에 가까운 그녀의 말들을 나 혼자 되작일 때면 비로소 느낌과 이미지의 부피가 터질 듯이 부풀어올라 불합리

한 흥분에 젖곤 했다.

그녀는 전축에서 흘러나오는 노래를 허밍으로 낮게 흥얼거렸다.

「뉴올리언스에 집이 한 채 있다네…… 가엾은 한 소녀는 폐허 속에 있네…… 나도 한때는 집에 머물렀었다고 엄마가 말씀하신 걸 들은 적 있네…… 나는 어리고도 어리석었어…… 오 신이여, 나를 재처럼 떠도는 방랑자가 되게 하소서…… 가서 내 어린 여동생에게 말해 주오…… 나처럼 살지 말라고…… 나 이제 뉴올리언스로 돌아가려네…… 내 인생의 경주는 끝나가고 나는 내 여생을 떠오르는 태양 아래서 지내려네……」

「재빨리 늙어버렸으면 좋겠어. 아니, 충분히 늙어버렸는데, 왜 이리 세월은 더디 흘러가는 거니? 아, 권태로워……」

존 바에즈의 노래를 따라 부르면서 그녀와 나는 우리 인생의 경주가 끝나고 재빨리 늙어버리길 원했다. 우리를 채근해 대는 입시의 레이스가 끝나고 해가 떠오는 언덕에서 얼마 남지 않은 생을 게으르게 사는 늙은이가 되기를 갈망했다.

미분이나 적분 따위의 공허한 숫자 놀음은 때려치웠다. 우리는 펼치면 먼지가 코에 알싸하게 닿는 화집 따위를 학교 도서관에서 빌려다 보며 고삼의 이학기를 간신히 메꿨다.

「나는 공감하는 인간이 되고 싶어. 공부 잘하는 인간이란 잘해 봤자 과학자 따위밖에 될 게 없어. 연민을 느끼는 것만이 가장 인간적인 감정이야. 고흐의 그림을 봐. 그는 인간에 대해 참을 수 없는 연민을 느낀 거야. 그의 재능은 누구도 따를 수 없는 인간에 대한 예민한 연민에서 비롯되었고, 사람에게로 가는 연민만큼 그에게로 오지 않는 사랑 때문에 미친 거야. 그의 광기는 외로움이야」

고흐의 화집을 넘기며 그녀가 뇌까렸다.

「그날 나에게 다가왔던 것도 연민 때문이었니?」

「연민? 아직 내겐 연민을 느낄 수 있는 촉수가 발달되어 있진 않아. 네가 누워 있는 벤치 주위로 차가운 얼음벽이 둘러 세워져 있다는 느낌을 받았을 뿐이야. 백 미터 달리기를 하다가, 문득 너 있는 곳으로 눈길이 돌려졌어. 골인 지점만을 보고 달려야 하는데, 너를 본 순간 발목을 거는 무엇인가가 느껴졌고, 이제껏 달린 중에 최악의 점수를 받고 겨우 달리기를 멈췄어. 다만 그뿐이야」

「만약에, 만약에 혹, 네가 내게 연민을 느낀다면, 그

땐 말을 해줘. 불쌍한 강아지처럼 취급받고 싶지 않아」

「넌 네가 받은 상처가 대단하다고 여기고 있니? 네가 무슨 핍박받는 순교자야? 네 상처, 그렇게 거창하고 대단한 거 아니야. 길 가다 맨홀에 재수없이 빠진 것에 불과해. 캄캄하게 입 벌린 맨홀이 네 탓은 아니잖아」

「대단한 건 아니지만, 난 지금 길을 잃었어. 난 아무것도 할 수 없어. 졸업 이후에 난 타이핑을 할 수도 없고, 가정부도 될 수 없다고. 난 어떻게 나를 책임져야 할지 모르겠어. 내 자신이 내 짐이야. 어디다 놔두고 가버릴 수도 없는 이삿짐이 바로 나야」

「누구도 자기 앞에 놓인 길에 자신 있는 사람은 없어. 상처 입은 사슴이 가장 빨리 뛰는 거야」

「잘난 체하지 마. 넌 상처가 있어?」

「벼엉신. 넌 너를 가두고 있어. 너를 가두면서 폐쇄회로에 갇힌 절박감을 교활하게 즐기고 있다고. 네 상처를 훈장처럼 여기면서. 자학이 너의 유일한 유희야. 때 절은 인형에 비정상적으로 고착된 아기처럼, 넌 네 상처를 만지작거리며 네 슬픔을 달콤하게 즐기고 있는 거라고」

「널 죽여버리겠어」

「죽여. 난 이미 죽은 자들에게 참을 수 없는 질투를 느끼고 있으니까」

「죽지 마…… 난, 널, 사, 랑, 해……」

그녀는 절박하게 사랑한다고 고백하는 내 말을 전혀 듣지 못한 것처럼 대답을 회피하며 담배를 꺼내 물었다.

「보들레르는 대마초를 피웠고, 앙리 미쇼는 선인장과 비슷한 식물에서 짜낸 메스칼린을 상용했고, 사르트르는 코드레인 각성제를 복용했지. 고통을 그냥 막막하게 견디는 건 아주 미련한 짓이야. 환상이 필요해. 미국에선 아이들이 마리화나를 피우는 걸 성년이 되기 위한 하나의 통과 의례쯤으로 여긴다는데, 여기선 여고생이 담배만 피워도 인생 끝난 것처럼 난리법석이지. 엄마의 자궁을 빠져나온 뒤부터, 우린 타락한 건데. 거짓 희망과 가짜 위안을 주는 게 가장 타락한 거야」

「나, 지금 널 사랑한다고 말했어」

「엄마는 내가 네 살 때 죽었대. 외할머니를 통해 엄마라는 존재를 더듬었어. 내게 엄마는 극지(極地)야. 그녀에 대한 기억이 내겐 전혀 없어. 엄마는 국문과를 다니면서 시를 썼대. 물론 그녀가 썼던 시는 한 편도 볼 수 없었지만. 할머니 외엔 엄마에 대한 이야기를 해주는 사람이 아무도 없어. 오빠들도, 아버지도 엄마에 대해선 아무도 말을 하지 않아. 오빠들은 엄마에 대한 기억이 남아 있을 텐데, 약속이나 한 듯이 엄마에 대해선 일체 입을 다물어. 할머니 손에서 초등학교까지 다니다 이 도시로 유학을 오고, 그후론 계속 나혼자 생활해 왔어. 이상해. 친가에 가면 그녀를 죽은 자로 대하는 게 아니라 파계한 수녀처럼 대하고 있다는 느낌을 받곤 해. 흉흉한 분위기 같은…… 부엌에서 고모들이 뭔가를 이야기하다가 내가 들어서면 화들짝 놀라며 흠흠거리며 다른 화제로 옮길 때의 어긋나는 분위기 같은 것들…… 그게 도대체 뭘까……」

내 사랑 고백은 내 뜨거운 감정의 급류 속에 유실되어 버린 격이 되었다. 그녀의 유년이 그녀를 쓸쓸하게 만들고 있었다.

말라붙은 엄마의 젖꼭지를 만지작거리며, 빈약하게 흘러나오는 젖을 게걸스럽게 빨아대던 내 유년의 허기. 엄마의 활처럼 도드라진 가슴팍에 얼굴을 묻으면, 들판의 마른풀 냄새가 자욱했다. 땡볕에 나앉아 누런 베수건을 머리에 두르고 호미질을 해대던 엄마의 밑은 빠져버린 지 오래였다. 엄마와 함께 통 큰 고무대야에 뜨거운 물을 받아놓고 목욕을 할 때 그녀의 듬

성한 하초 밑으로 턱 빠진 하마처럼 덜렁거리던 헐거운 자궁을 보았다. 젖어 있는 그녀의 등을 때수건으로 벅벅 밀어대면서, 그녀의 살가죽을 덮고 있던 죽은 세포들이 대팻밥처럼 밀려나가는 것을 보면서, 나는 엄마를 타고 오르던 성장의 목조 계단이 심하게 삐그덕거리는 소리를 들었다.

나와 그녀 모두 엄마를 잃었다. 그녀와 나는 고아처럼 그해 가을과 겨울을 지냈다.

그해 가을 내내 나는 대책없이 토해 댔다. 그녀에게서 담배를 배웠다. 연기를 마시고 숨을 멈추면 현기증이 일었다. 수술로 피를 너무 많이 흘린 탓이었다. 위벽을 깔깔하게 훑고 쏟아져 나온 초록빛 위액은 오일에 풀린 유화 물감 같았다.

「죽인다. 정말 죽이는 색이야. 이 색으로 캔버스를 칠하면 환상적이겠다. 그치?」

그녀의 작은 부엌 시멘트 바닥에 울컥 쏟아낸 위액을 바라보면서 나는 쓰게 내뱉었다.

「너, 이러다가 죽겠어」

사슴 한 마리가 붉은 풀밭에 고개를 쳐들고 있었다. 또 다른 한 마리는 붉은 풀을 향해 고개를 숙이고 있다. 그녀가 나를 눕히는 융단 같은 밍크 담요에 사슴들이 고드름처럼 뿔을 치켜든다. 진홍색이 눈앞에 홧홧거렸다.

손톱처럼 손가락은 자랄 수 없는 걸까. 손톱이 새로 돋아나오려는 것처럼 잘린 손가락 끝의 신경 세포들이 일제히 온몸의 신경줄들을 팽팽히 잡아당기고 있었다.

「내 손가락이 자라나려나 봐. 피노키오의 코처럼 너무 길게 자라면 어떡하지? 예쁜 손톱도 돋아나올까. 새롭게 돋으려는 손톱 때문에 뼈들이 고함을 질러대고 있어」

천장 위의 사방 연속 무늬들이 핑그르르, 제멋대로 돌아가고 있었다. 진공관 속에 들어앉은 것처럼 호흡하기가 어려웠다. 붉은 풀밭에 얼굴을 묻고 팔딱거리는 가슴을 가만히 융털에 밀착시켰다. 전신에 빨간 맨드라미처럼 열이 오르고 있었다.

얼마나 잠을 잤을까. 입안 가득 가뭄 든 논바닥처럼 쩍쩍 침이 말라붙는 갈증이 일었다. 기차가 지나가는 소리가 아득하게 들려오고 있었다. 후들거리며 앉았다. 붉은 밍크 담요에 초록색 달이 떠 있었다. 전까지 보지 못했던 보름달이었다.

흰 죽이 상 위에 놓여 있었다. 백김치가 오목한 사

기 그릇에 정갈하게 담겨 있었다.

「먹어. 너 안 되겠어. 위태롭고 아슬아슬하고 조마
조마해」

그녀가 갓난아기에게 이유식을 주듯 흰죽을 내 입
에 조심스럽게 떠먹였다. 발끝으로부터 정수리로 참을
수 없는 슬픔 같은 것이, 그리움 같은 것이, 애틋함
같은 것이, 어룽지고 있었다.

흰죽 위로 피어오르는 수증기와 달그락거리는 스테
인리스 수저 소리에 가슴이 파, 하고 저려오기 시작했
다. 으깨진 하얀 밥알 덩어리가 흐물거리고, 백김치
위에 고명으로 얹힌 당근채가 얼크러지고 있었다. 후
두둑, 눈물이 그예, 죽사발로, 덜렁, 떨어져 내렸다.

그녀가 조용히 밥상을 한쪽으로 밀어내며 나를 안
았다. 그녀의 보드라운 볼이 내 볼에 닿았다. 그녀의
볼을 부비기 시작했다. 훅 하고 그녀가 뜨거운 한숨을
쉬었다. 눈을 감은 채 그녀의 입술을 내 입술이 더듬
어댔다. 탐스럽고 향기로운 입술이 파르르 떨고 있었
다. 열에 들뜬 내 입술이 그녀의 입술을 열어젖혔다.
무화과 속살처럼 열려진 그녀의 입안으로 신열에 젖은
내 혀를 거칠게 밀어넣었다. 비에 젖은 보도블록처럼
단단하고 고요한 그녀의 흰 잇사이를 탐조등을 밝히듯

내 혀의 돌기들이 떠돌아다니고 있었다.

그녀의 블라우스 단추를 헤치며 나는 그녀의 젖가슴을 미친 듯이 찾았다. 그녀의 옷섶을 움켜쥔 내 손이 떨리고 있었다. 단단하게 웅크린 그녀의 젖가슴이 만져졌다. 설화 석고(雪花石膏)처럼 희고 매끄러운 젖가슴이 내 눈물에 젖고 있었다. 허기가 깊이도 모를 바닥으로 곤두박질치고 있었다. 나는 그녀의 젖가슴을 힘차게 빨았다. 그녀는 신음하며 헙헙대는 나를 조용히 쓸어대고 있었다. 내 등을 토닥이면서 그녀는 길게 한숨을 토해내고 있을 뿐이었다.

검은 비가 내리고 있었다. 그녀의 작은 들창문으로 가끔 새된 바람소리가 제 구멍을 막지 못해 새버린 피리 소리처럼 삐익 하고 들려오곤 했다. 어둡고 깊은 궁륭 같은 밤 속으로 허기진 그녀와 나는 서로의 상처 다발을 부둥켜안고 어디론가 멀리 떠나고 있었다.

8

이학기가 지나고 그녀는 서울에서, 나는 이 도시에서 입시를 치렀다. 그녀와 나는 전기 대학에 낙방했다. 당연한 결과였다. 우리에게 다가온 파국을 우리는 애써 담담하게 받아들이려 했다.

「난 이제 이 도시를 떠나겠어」

그녀와 나는 도시를 가로지르는 일제 시대 때 설치된 철로를 따라 걸었다. 그녀가 떠날 것임을 나는 알고 있었다. 하지만 받아들일 수가 없었다. 그녀가 떠난다, 라는 말이 칼처럼 목에 걸렸다. 그녀가 이 도시를 떠나는 것에는 나를 떨쳐버리고자 하는 의도가 있음을 나는 알고 있었다. 나의 편집광적인 고착이 그녀를 지치게 한다는 것을 나는 너무도 잘 알고 있었다. 그녀가 이젠 이 도시를 떠나겠다, 라고 피곤한 목소리로 말했을 때, 나는 그녀를 더 이상 붙잡을 수 없다는 것을 명백히 알았다.

「내가 너를 너무 힘들게 했어. 내가 아니었으면 넌 대학에 합격해서 서울로 갈 수 있었을 텐데. 네 발목에 덫을 놓았어, 내가. 이제 나를 떠나」

서글퍼지고 침울해지고 있었지만 내색을 하지 말자고 다짐했다. 벙어리 장갑 안의 의수(義手)가 딱딱하게 굳어 있었다.

인조 지문과 인공 매듭이 새겨진 의수를 끼고 입시를 치렀다. 죽은 갑각류처럼 책상 위에 올려진, 의수가 끼워진 오른손은 일 그램도 되지 않는 시험지 한장도 제대로 집어올리지 못했다. 머리카락 한올도 집어올리지 못하는 손으로는 세상의 짐 하나도 들어올리지 못할 것은 너무도 뻔한 일이 아닌가.

내 몸을 이루고 있는 다른 신체 부위들은 축소되고 오직 무감각하고 무능력한 오른손의 상처만이 확대되어 내 몸 전체를 이루고 있었다. 나는 내 상처를 과장했고, 그 극대화한 상처는 나를 불붙은 가시투성이 떨기나무처럼 활활 타오르게 했다. 나는 철저하게 불행하다, 나병처럼 끝없이 가려움을 주는 인색한 희망 따위에 누추하고 비겁하게 손 내밀고 싶지 않다, 는 식으로 세상의 빙판에 나서는 길을 스스로 미리 봉쇄하고 있었다. 스스로를 고립시키면서 나는 교묘한 위안에 빠져들어 가고 있었다. 왜곡되고 병든 자의식으로 스스로를 폐쇄시키고 있었다.

「너를 떠나는 게 아니야. 나는 나를 가두는 이 도시를 떠날 거야. 엄마는 죽은 게 아니었어. 그녀는 내가 네 살 때, 아버지의 친구와 사랑에 빠져 도망을 갔어. 이제 갓 걸음마를 타박거리는 나를 버리고.

그녀는 국문학도도 시를 쓰는 시인도 아닌, 사랑놀음에 빠져 밤도망이나 치는 바람난 유부녀, 책임감 없

46

는 나쁜 에미에 불과했을 뿐이야. 난 그걸 알고 있었어. 초등학교 오학년 때 『보물섬』을 읽고 그 미지의 섬으로 떠난 것도 아니었어. 나보다 네 살이나 많은 작은 오빠는 학교의 불량배가 되어 있었어. 함께 자취를 했었어.

어느 날 새벽에 나를 찍어누르는 무서운 힘에 잠이 깨었어. 캄캄한 어둠 속에서도 나를 누르는 존재가 누군지 알 수 있었어. 내 입을 틀어막고 서툴고 거칠게 내 하복부를 압박해 오는 폭력적인 힘이 무섭기보다는 암담했어. 한마디도 하지 않고 내 몸을 찢어발기는 그 힘의 정체 앞에서 나는 울지도 못했어」

올려다본 하늘이 흐려 있었다. 눈이라도 쏟아질 것 같았다.

「이 년을 앓았어. 말을 잃었고, 감정도 잃었어. 더듬거리며 이제 갓 말을 배우는 아이처럼 말을 찾는 데 걸린 시간 동안 나는 차라리 평화로웠어. 아이들이 등교한 한가한 길을 따라 걸으면서, 풀숲의 서늘한 작은 그늘에서 잠자고 있는 쥐며느리를 손바닥에 말아감고, 그 쥐며느리처럼 둥글게 존재를 구부려 햇살 가득한 운동장에 나앉아 팥죽처럼 땀을 흘리면 가슴 한 켠이 서늘해지곤 했어. 허기가 지면 운동장의 모래알들을 파먹으며 끝내 돌아오지 않을 엄마에 대한 그리움을 접는 법을 배웠어」

　얼얼하게 얼어붙은 볼로 눈이 떨어져 내리고 있었다. 그녀와 나는 하염없이 철로를 따라 걸었다. 마른 풀들이 철로변에 떨어져 내리는 눈송이들을 착하게 맞으며 젖어가고 있었다. 눈송이들은 지상에 닿자마자 흔적도 없이 녹아가고 있었다. 젖어 있는 갈색의 풀들이 녹슨 고철 더미처럼 붉은 땅에 붙박여 있었다. 어둠이 우리를 감싸고 있었다.

　「천천히 말을 더듬으면서 나는 거짓말을 하기 시작했어. 내가 거짓말을 하고 있다는 생각조차 들지 않을 만큼 나는 내 거짓말의 현란한 색깔에 빠져들었어. 내 존재의 비루함, 어처구니없이 망가져 버린 가족에 대한 증오를 정면으로 받아들이기엔 너무 힘이 들었어.

　내가 꿈꾸는 엄마, 내가 희망하는 가족을 나는 만들어나가기 시작했어. 단정하고 고급스럽고 우아한 깃털들을 내 비천한 몸에 하나씩 꽂아가면서 공작새처럼 현란한 날개를 펼쳐보이곤 했어」

　기차는 오지 않았다. 누렇게 바랜 침목들이 도시 끝에서 도시 끝으로 이어지는 임시 가교처럼 길게 놓여 있었다.

「이제 나를 기억하는 사람이 없는 곳으로 떠나겠어. 이 도시는 나를 너무도 샅샅이 알아버렸어. 이전의 나를 아는 사람이 아무도 없는 곳으로 가서 다시 내 생을 시작할 거야. 철저히 낯선 곳으로 가서 새롭게 나를 만들어갈 거야」

서서히 추위가 몰려오기 시작했다. 세설(細雪)로 시작됐던 눈들이 펑펑 쏟아져 내리고 있었다.

턱이 덜덜거렸다. 아무도 그녀를 기억하지 않는, 그녀에 대해 철저히 낯선 곳으로 그녀가 간다. 나는 그녀를 알고 있다. 그녀를 안다는 것은 그녀를 고통스럽게 한다. 그녀를 안다는 것은 그녀를 치욕스럽게 한다. 나는 그녀를 안다. 나는 그녀를 안다. 그녀는 나를 떠난다.

나는 후들거리기 시작했다. 우리는 받침대도 난간도 없는 철교를 건너고 있었다. 쏟아져 내리는 함박눈에 시야가 흐려지고 있었다. 안경에 떨어져 내린 눈으로 세상은 온통 갇혀 있었다.

「그래, 너를 추억하는 사람이 아무도 없는 곳으로 떠나렴. 나도 너를 더 이상 기억하지 않을게. 절대로, 죽어도 너를 기억하지 않을 테야」

철로엔 그녀와 나 이외엔 기차도 사람도 없었다. 서

서히 눈이 쌓이고 있었다. 적막한 세상. 그믐밤의 자정처럼 나는 어두워지고 있었다. 온몸이 차가워지고 있었다. 솜털이 누벼진 철로를 요처럼 깔고 누워 잠들고 싶었다.

기차는 오지 않았다. 나는 가만히 선로를 베개처럼 베고 누웠다. 그녀도 조용히 내 옆에 누웠다. 수천 수만의 눈꽃송이들이 낙화하고 있었다. 두 개의 낡은 침목처럼 우리는 가로누워 입을 벌리고 눈꽃들을 받아먹었다. 그녀의 손이 벙어리장갑 속의 내 손으로 들어왔다. 성에처럼 차가운 그녀의 손이 내 손등을 어루만졌다.

그녀와 나, 아무 말이 없었다. 그녀의 차가운 입술이 날카롭고도 뜨겁게, 아득하게 멀어져가는 내 의식 속에 와닿았다. 폐부 깊숙이 그녀가 내 입안에 마지막 향기를 밀어넣었다. 그녀가 머플러를 풀어 내 목에 둘러주었다. 나는 아무 말도 하지 않았다. 너를 사랑한다고, 끝내, 말하지 않았다.

기차가 선로를 흔들어댔다. 기적(汽笛)이 달팽이관 속으로 후비고 들어왔다.

〈좀더 가까이, 좀더 가까이······〉

나는 그녀 없는 이 도시를 견뎌낼 수가 없다. 뼛속

까지 외로워지고 있었다. 쿵쾅거리며 기차가 가까이 오고 있었다. 나는 꼼짝을 할 수가 없었다. 천둥치는 소리와 함께 희부윰한 눈가루들 사이로 기차의 불빛이 강하게 스며들어 오고 있었다. 그녀가 벙어리장갑을 낀 내 손을 힘껏 잡아챘다. 그녀와 나는 선로 밖으로 튕겨져 나갔다. 기적 소리가 멀어져가고 있었다.

9

돌이킬 수 없는 것은 돌이킬 필요가 없는 것이 되어야 한다.

그녀가 카페의 창가에 앉아 있었다. 명절 탓인지 거리에는 인적이 없었다. 그녀는 이제 마흔하나다. 살이 적당히 오른 전형적인 중년의 여인이 되어 내 앞에 나타났다. 그녀는 아이가 둘이다. 큰딸은 대학생이고 아들은 고등학교 이학년이라고 한다. 시댁이 서울이어서 명절을 쇠러 올라왔어, 라고 그녀는 묻지도 않는 말을 한다. 그녀의 가는 소프라노 목소리는 이제 없다.

「차암 오랜만이다」

「응, 아주 오랜만이야」

이십 년이 넘은 세월을 오랜만이라고 우리는 간단하게 말하고 있다.

「너 아직 미혼이라고 들었어」

「으응, 그랬니? 그렇지 뭐」

내 영혼을 흔들던 그녀가 내 앞에 앉아 있다. 대화는 이어지지 않고 자꾸 끊긴다. 어색한 침묵을 사이에 두고 그녀는 커피를 간간이 마시고, 나는 담배를 간간이 피운다. 둔탁한 낯설음과 뜨악한 감정들이 몇 번의 잠정적 침묵 사이에 불편하게 떠돌고 있다.

그녀는 그 동안의 세월을, 기나긴 이사 같았어, 라고 말한다. 그녀의 세월은 예사롭다. 삼수 끝에 대학을 들어간 그녀는 캠퍼스에서 만난 과 선배와 졸업을 하기 전에 결혼을 하고 이 년 터울로 남매를 두었다고 말한다. 그리고 남편을 따라 우리가 머물던 그 도시에 오 년 전에 정착을 했다고 말한다.

그녀는 좋은 엄마, 착한 아내가 되어 있었다. 그녀의 지난 삶은 상상력을 동원하지 않아도 기승전결이 완벽한 심심한 단편 한 편을 떠올리게 했다. 그녀의 가는 입술엔 자홍빛 립스틱이 도톰하게 발라져 있었다. 그녀의 옆에 비어 있는 의자에는 진갈색의 모피

코트가 정확히 반으로 접혀 놓여 있다. 수선화가 프린트된 원피스를 입은 그녀는 일상을 잘 갈무리한 중산층 부인의 귀티가 역연했다.

그녀에게 들려줄 굵은 이력이 내겐 없다. 내가 살아온 세월은 한 문장도 채 안 된다. 커피잔 바닥에 남은 커피 한 모금이 입담배를 씹은 것처럼 쓰디쓰다. 사람들 앞에서 단 한 시간도 제대로 버텨내지 못하는 버릇이 도지고 있었다. 무릎 아래로 헐렁하게 내려온 낡은 카디건의 보풀을 손으로 연신 잡아뜯다가, 정확히 반갑 분량의 담배만 애꿎게 피워대다가 그녀와 헤어졌다.

그녀를 기억하지 않으려 애쓰던 때가 있었다. 잊으려 했음에도 잘 잊혀지지 않았던 시간들이 있었다. 이십 년이 지나도록 그녀에 대한 기억은 쉽게 사라지지 않았다. 이제는 실재하는 그녀가 아니라, 내 속에 자라지 않은 그녀가 이미지로 남아 있다. 그뿐이다. 그녀가 떠난 뒤, 소인이 찍히지 않은 엽서 같은 사랑을 몇 번 했다. 그들은 그녀에게 칩거한 나를 들춰보다 그냥 떠나곤 했다. 때론 쓸쓸하고 때론 막막하고 때로는 공허한 시간들이 흘렀고, 흐른 시간들을 되돌아 보았을 때, 거기엔 세월이라는 이름의 시간이 퇴적되었을 뿐이다. 그뿐이다.

생이 가렵다

이슬록수이트, 얼음 사막

설날 연휴 첫날이다. 건물 내의 상가들이 문을 닫은 탓에 사방이 조용하다.

오전 10시. 사내는 떡만두국을 끓였다. 그래도 명절인데 싶어 연휴가 시작되기 전날, 사내는 건물 지하 슈퍼마켓에서 냉동 떡과 만두를 사두었다. 국그릇 두 개에 떡만두국을 나누어 담고 카운터 위에 올려놓았다. 사내가 먼저 국을 먹기 시작한다. 사내의 아들은 김이 모락모락 나는 떡만두국에 팽팽한 시선을 보내다가, 몇 초 사이에 사악 시선을 거둔다. 사내는 녀석의 미간에 모아지던 근육이 일시에 풀려버리는 것을 본다. 뜨거운 음식을 아무렇지도 않게 입안으로 들여넣어서 생긴 상처로 빈번히 병원 신세를 졌던 녀석은 이제 함부로 그릇에 고개를 처박지 않는다. 사내는 녀석이 고통 때문에 뜨거운 음식을 포기하는 것이 아님을 안다. 녀석은 병원을 오가는 반복이 지루하고 심심하다는 이유로 순간의 식욕을 포기하는 것이다.

사내는 불어버린 떡만두국을 녀석 앞으로 밀어준다. 녀석은 삽자루를 쥐고 진흙더미를 퍼내듯 물컹하게 엉겨붙은 떡만두국을 떠먹는다. 사내는 녀석을 지켜보면서 담배를 피워 문다. 뜨거운 시원함의 맛을 모르는 아들 녀석이 불행한 건가. 사내가 잠깐 의문을 품어본 사이에 녀석은 이미 식사를 끝내고 순가락을 카운터 유리 깔개 위에 탁 소리가 나게 내려놓으며 사내를 향해 소리쳤다.

「아빠, 가사하니다!」

혀 짧은, 아니 혀 끊어진 소리로 녀석은 사내에게 예의를 차린다. 사내가 녀석에게 음식을 주면, 녀석은 파블로프의 개처럼 반사적으로 〈가사하니다!〉라고 소리친다. 감사의 의미를 제대로 알 리 없는 녀석은 소리치고 난 뒤에 서브권을 건네받은 탁구 선수처럼 득의만면한 표정을 사내에게 넘겨준다. 사내는 무언가가 자신의 내부에서 꿈틀거리는 것을 느낀다. 사내에게 얼마 남아 있지 않은 아내의 흔적이 화상 뒤의 꼬인 흉터처럼 그를 옥죈다.

사내의 아내는 녀석에게 사람으로서 지켜야 할 소소한 예의범절 따위를 가르쳤다. 예의라도 깍듯하게 지킬 줄 아는 아이로 커주기만 해도 어디 가서 호된 미움은 받지 않으리라는 것이 녀석에 대한 그녀의 최선이자 마지막 희망이었다. 사내는 이미 어떤 또래 집단에서도 완벽하게 배제된 녀석의 현실에 대한 그녀의 가난하고 비속한 해석과 견해가 마음에 들지 않았다. 하시라도 터질 준비가 되어 있는 지뢰밭 같은 세상을 예의범절 따위나 잘 지키면서 우아 떨며 건너갈 수 있다고 믿는 그녀의 비현실적이고 철딱서니없는 육아법에 대해 사내는 적대적인 침묵으로 일관했었다. 그녀가 살아 있는 동안에는.

하지만 사내는 이제 안다. 사내의 아내가 고집했던 희망이 너무도 무섭게 아가리를 벌리고 있는 공포에 대한 필사적인 자기 방어의 몸짓이었다는 것을. 공포의 한복판으로 들어가서 맞설 수도, 극복할 수도 없는 상황에서 그녀는 겁먹었다는 것을. 손톱만큼의 간격도 없이 단 한번의 도약으로 자신에게로 온 속수무책의 고통에 대해 그녀가 할 수 있는, 그녀 자신을 설득할 수 있는 방식이었다는 것을. 타협할 수 없는 대상 앞에서 할 수 있는 방법은 대상을 제거하거나 자신을 죽이는 것밖에는 없지 않은가 말이다. 그녀의 방식이 마음에 들거나 안 들거나 간에 이미 다 끝난 일이다.

사내는 오전부터 비디오방에 댓바람으로 들어올 사람은 없을 것이라는 생각으로 빈 그릇들을 신문지로 덮어둔다. 녀석은 이미 카운터 위에 양반 다리를 하고 앉아 텔레비전 화면에 도꼬마리 같은 눈길을 꽂고 있다. 사내도 아들 옆에 의자를 끌어다 놓고 앉아 화면을 쳐다보았다.

화면 속에서 이누이트 사내 한 명이 넙빤지처럼 딱딱한 얼음을 깨고 물개 한 마리를 잽싸게 잡는다. 그는 털벙거지를 쓰고 거적 같은 두터운 털옷을 입고서도 재게 몸을 움직인다. 먼저 갓 잡은 물개의 눈알을 과도 크기의 예리한 칼로 일 밀리미터의 오차도 없이 정확하게 베어낸다. 그 다음 점액질로 번들거리는 물개의 수정체를 쭈욱 빨아먹는다. 썰매를 끌고 온 지치고 배고픈 개들에게는 물개의 내장을 휙 던져준다. 흰 눈밭에 던져진 물개는 순식간에 음식 부스러기로 변한다. 물개가 생물체였음을 보여주는 흔적은 개들이 핥듯이 먹어치웠음에도 불구하고 눈에 스며든, 선연한 핏자국이었다. 흰 접시 위에 남은 붉은 토마토 케첩처럼.

빙원 한가운데에서 날것을 생식하던 야생적인 이누이트 사내는 개들을 몰아 다시 썰매를 타고 빙하로 간다. 빙하에 그물을 내려 수십 마리의 가자미를 잡은 뒤, 큰 양동이에 싣고 어슬녘이 되어서야 집으로 돌아간다. 사내와 개들이 떠난 빙원이 풍경화처럼 잠시 화면에 담겼다 사라진다. 사내는 개들을 묶어두고 가자미를 예의 그 날렵한 솜씨로 손질하고, 물개의 살을 덩어리째 썰어 마당 빨랫줄에 널어놓는다. 튼실하게 생긴 아내와 노릇하게 잘 구워진 생선 빛의 아이들이 귀가한 사내를 둘러싼다. 저녁 식사를 끝낸 사내는 냉장고에서 캔 맥주를 꺼내 아이들과 함께 비좁은 소파에 엉덩이를 디밀고 앉는다. 텔레비전 앞에서 갓난아기에게 젖을 물리던 그의 아내는 팔을 뻗어 코펜하겐 국영 방송국에서 송신하는 드라마를 시청하기 위해 채널을 돌린다. 이슬록수이트, 얼음 사막 위의 사내의 집이 암전되듯 캄캄해진다.

얼음사막얼음사막얼음사막. 사내는 세 번 연거푸 이 질적인 의미의 두 단어가 자연스럽게 병치되어 있는 얼음 사막이라는 말을 흡족한 마음으로 읊조려본다. 이누이트 사내의 야생과 문명이 절묘하게 섞인 삶이 그의 마음에 들었다.

사내는 그날 밤, 얼음 사막이 있는 이슬록수이트에 가기 위해 움마나크 시의 작은 공항에서 헬리콥터를 타는 꿈을 꿨다. 꿈속에서 그는 이누이트 사내처럼 털 벙거지를 쓰고, 숫돌에 잘 벼린 칼 한 자루를 가죽 칼 집에 넣었다.

사내는 매일 시청하는 비디오 테이프들 중에 가장 인상 깊은 시네마의 잔영을 꿈에 끌어들였다. 늘 새롭 게 각색된 꿈속의 시네마. 사내는 매일 밤 그에게 새 배역이 부과되는 롤 플레잉이 즐겁다. 책무도 강박도 없는, 깨고 나면 완벽하게 휘발되는, 단 하룻밤의 생.

사내는 기승전결의 완미한 구조를 가진 영화를 특 별히 좋아하는 것은 아니다. 삶이 덜 익은 생선의 뱃 살을 젓가락으로 휘젓는 것 같은 비릿한 역겨움을 준 다고 할지라도 삶은 여전히 그냥 삶일 뿐이야, 라고 사내는 어느때부턴가 잠정적으로 결론을 내렸다. 생선이 날것으로 있든 아가미까지 다 구워져 딱딱한 단백질 덩어리로 놓여 있든, 생선은 여전히 생선인 것처럼. 사내는 통찰에 이르지는 못하더라도 자신이 삶에 대해 이런 식으로 은유화하는 것이 썩 마음에 들었다. 사내는 삶은 꿈이고, 영화는 해몽이라고 생각한다. 꿈보다 해몽이라는 속담도 있지 않은가 말이다.

조율

설날 연휴 이틀째다.

사내가 운영하는 비디오방에는 손님이 별로 오지 않는다. 명절 탓만은 아니다. 사내의 비디오방 주위에는 쾌적한 분위기에 최신 시설을 갖춘 비디오방들이 각 블록마다 하나씩 있다. 구닥다리 시설에 살림집까지 겸한 사내의 누추한 비디오방을 찾는 부류들은 다른 비디오방에서 구하기 힘든 비디오 테이프를 보러 오는 사람과 어둡고 닫힌 자폐적 공간이 절대적으로 필요해서 들르는 사람, 두 부류뿐이다.

사내는 아들 녀석을 의자 위에 앉혀놓고 간지럼 놀

이를 한다. 사내는 녀석을 간지럽힌다. 정수리에서 발뒤꿈치까지. 간지럽히기 위해 녀석의 온몸을 손가락 끝으로 샅샅이 더듬을 때마다, 그는 마치 고장난 피아노를 조율하고 있는 듯한 느낌에 사로잡힌다. 때로는 고장 났다기보다 망가졌다는 절망감이 들 때가 더 많다. 사내는 고장 났다는 쪽으로 마음을 고쳐먹는다. 절망과 감상이 결합하면 광포한 고통에 옴나위 없이 붙잡히게 되므로.

녀석의 몸은 반복적인 자가 절단과 쑤석거림으로 성한 곳이 드물었다. 사내는 흠집투성이인 녀석의 어리고 여린 몸을 세심하고 꼼꼼한 피아노 조율사처럼 건드려본다. 녀석이 유일하게 반응하는 감각, 간지럼. 끊임없이 복습해야만 비로소 인지되는 감각, 꽝꽝 얼린 궤짝처럼 좀체 풀리지 않는 녀석의 감각 체계 어딘가에 해동의 기미가 있을지도 모른다는 기대로 사내는 녀석의 피부를 더듬고 쓰다듬고 간지럽힌다.

사내가 녀석의 피부를 설풋 건드릴 때마다, 아이는 헬쭉 웃으며 몸을 꼼지락거렸다. 진공 상태 같았던 아이의 텅 빈 얼굴에 표정이 돌아난다. 사내는 얼음 사막에 간신히 피어난 여린 잎새처럼 가까스로 살아 돋아난 녀석의 감각에 조마조마해진다. 감각의 실마리를 하나 겨우 끄집어낸 것만으로도 사내는 녀석이 온전한 감각을 되찾을 수 있을지도 모른다는 희망으로 간헐 온천처럼 마음이 뜨거워지곤 한다.

「아빠, 가지러, 가지러, 크크, 크르르르」

녀석은 사내의 손놀림이 마냥 즐거운지 발끝과 손끝을 움찔거리며 오무렸다 폈다를 반복한다. 사내는 키득거리는 녀석의 얼굴을 두 손으로 감싸쥔다. 녀석이 손가락으로 쑤석거린 통에 내이(內耳)가 많이 망가진 귀를 사내의 입에 댄다. 사내는 혀를 내밀어 녀석의 귓바퀴와 귓등을 어미 고양이처럼 핥는다. 사내의 혀 돌기에 녀석의 상처가 덜 아물어 생긴 딱지가 까끌거리며 얹힌다. 또 언제 생긴 상처인가. 돌연, 사내는 횡경막이 불에 달구어진 것처럼 뜨거워지는 것을 느낀다. 사내는 상처에 침을 연고처럼 발라준다. 그러고는 숨을 한껏 모두어 녀석의 귓구멍에 뜨거운 숨을 하아, 뱉어낸다. 녀석은 달팽이처럼 몸을 말아 감는다. 사내는 녀석을 품에 가만히 안아본다.

사내의 아들은 선천성 고통 무감각증이라는 병에 걸렸다. 지글지글 타오르는 숯불에 손을 갖다 대는 감각과 나무토막을 만지는 감각을 동일하게 느끼는 병에 걸린 것이다. 신체가 위험에 직면한 순간에 감각 세포들이 일제히 비명을 지르며 경계 경보를 울려대는데도 아이는 무감각한 것이다. 녀석이 고통 없는 지옥에 있다면, 사내는 고통으로 새롭게 태어나는 지옥에 있었다.

사내의 아들은 태어났을 때는 3.5킬로그램의 건강한 신생아였다. 분만실에서 강보에 싸여 나온 아이는 과수원에서 갓 따온 싱싱한 복숭아처럼 솜털이 보송보송했다. 사내는 자신의 아이가 딸이 아니라 아들이라는 사실에 적잖이 고무되었다. 사내는 아버지가 된 것에 대해 자부심을 느꼈다. 아버지가 되면 지긋지긋한 자신의 아버지로부터 인정받고자 하는 발작적인 고통에서 해방될 수 있을 터이므로. 사내는 환호하고 싶은 심정을 억누르며 어금니를 힘껏 무는 통에 관자놀이가 욱신거릴 정도였다.

생후 십 일경부터 사내의 아들은 열이 오르기 시작했다. 38℃ 이상의 고열이 지속되었다. 소아과에서는 패혈증으로 의심하고 아이의 혈액, 소변, 대변 배양 검사를 해보았지만 모두 정상이었다. 사내의 아이는 고열에도 불구하고 땀을 흘리지 않았다. 보통 정상아가 고열에 시달리면서 보이는 정상적인 몸부림이 없었다. 사내는 몸을 뜨거운 철판처럼 달구는 고열에 미동조차 하지 않는 아이의 멍한 얼굴을 보았다. 고통을 느끼지 않는다! 그런 아이가 사내에게는 영혼이 없는 미라처럼 느껴졌다.

사내는 아들을 데리고 이 병원 저 병원을 전전했다. 그 어느 곳에서도 명확한 소견이 떨어지지 않았다. 의사들은 갖가지 검사 끝에도 병명이 나오지 않는 사내의 아들에 당혹스러워했다. 고통을 느끼지 않는 인간을 그들은 한번도 보지 못했던 것이다. 의과 대학 시절부터, 아니 그들의 인생이 시작되었을 무렵부터, 그것은 샴 쌍둥이처럼 생의 배면에 붙어 있던 것이 아니었던가. 고통으로 아우성치고 비명을 지르는 인간들만 상대하던 그들에게 사내의 아들은 생급스럽다 못해 불길한 존재로 비쳤을 것이다. 사내의 아들을 진단하던 의사는 두꺼운 의학 텍스트 어디에도 나오지 않는 병을 아직 발견되지 못한 유전적 문제로 판명하고 서둘러 소견을 끝냈다.

사내는 자신에게 닥친 고통을 이해할 수도 용납할 수도 없었다. 사내는 아내를 의심하기 시작했다. 결혼 첫날밤 침대 시트에 혈흔이 묻어나지 않던 기억을 떠올리며 아내의 처녀성을 불신했고, 관계 이후에 끔찍하게 토해 대는 유별난 입덧을 시작으로 시시각각 배가 불러오던 아내의 재빠른 임신에 대해 의심했다.

고통은 책임 전가의 힘이 셌다. 사내는 자신조차 이해할 수 없는 상황을 아내의 탓으로 밀어부쳤다. 아들의 병에 대한 분노와 공포로 사내는 아내를 공격했다. 수치와 좌절, 분노와 슬픔이 뒤엉킨 격심한 감정으로 사내는 그들이 함께 겪고 있는 상처로 진군해 갔다. 알 수 없는 대상에 대한 증오가 검은 망토처럼 사내를 친친 휘감았다.

「누구 새끼야. 누구 새끼냐고」

사내는 방문을 걸어 잠그고 아내를 구석으로 몰아붙이며 다그쳤다. 파랗게 질린 아내의 얼굴이 파들거렸다. 사내는 자신에게 대들지 못하고 공포로 질려 있는 아내를 보면서 의심을 더 굳혔다.

「자네를 꼭 빼닮았어. 완전히 도장이구먼 도장」

사내는 분만실에서 나온 아이를 둘러싸고 아내의 친정붙이들이 돌아가며 사내와 아이가 닮았다는 것을 강조하던 말들을 기억의 갈피에서 끄집어냈다. 사내는 녹은 아이스크림처럼 흐물거리는, 얼굴 윤곽이 흐린 갓난아이의 어떤 부분이 자신과 쏙 빼닮았는지 잘 알 수 없었지만, 그네들의 감탄 속에 떠밀려 미심쩍은

수긍이나마 할 수밖에 없었던 그때의 정황을 떠올렸다. 공모의 혐의가 짙었다는 의심이 사내의 분노 속에 고약처럼 끈적하게 달라붙었다. 의심은 핵분열을 거듭했다.

「왜, 왜, 암 말도 못하는 거야. 네게 엉겨붙었던 놈이 누구야. 누구냔 말이야」

사내는 구석에서 무릎을 끌어안고 고개를 처박고 있는 아내의 머리카락을 왁살스럽게 잡아챘다. 그녀의 얼굴이 덜렁, 사내의 사나운 손길에 흔들렸다. 진동을 일으키듯 아내의 전신에 퍼져가는 경련이 사내에게 거세게 전해졌다. 신음 소리조차 내지 못한 채 벌려진 입술, 공포에 급체해서 숨도 제대로 쉬지 못하는 하얀 얼굴이 사내의 눈시울에 걸렸다. 그녀의 얼굴 위에 형의 얼굴이, 어머니의 얼굴이, 자신의 어린 시절 얼굴이 오버랩 됐다.

사내의 시야에서 아내가 사라졌다. 윤전기의 피대가 갑자기 윙 돌아가는 것처럼 혈관의 피들이 궤도를 잃고 날뛰기 시작했다. 정수리를 뚫을 것처럼 피들이 머리로 몰려들었다. 눈알의 실핏줄이 투툭 터지는 것 같았다. 염산을 뿌린 것처럼 눈알이 뜨거웠다. 악력이 센 누군가의 손이 벌떡거리는 사내의 심장을 쥐었다

펴는 것 같았다. 사내 속에 웅크리고 있었던, 언제라도 사내 밖으로 튀어나올 준비가 되어 있었던, 무섭도록 익숙한 잔인한 아버지. 아버지가 사내의 윤곽 밖으로 그림자처럼 빠져나왔다. 이내 광포한 그림자가 아내의 물컹한 살덩어리를, 관절을 뭉개고 부수기 시작했다.

환통(幻痛)

사내는 카운터 아래에 설치된 비디오 데크에 비디오 테이프를 밀어넣는다. 신 프로를 미리 봐놔야 손님들이 제목도 내용도 모른 채, 자신들의 취향 하나만으로 추천을 바라는 경우에 대비할 수 있다. 법정 스릴러, 호러, 에로, 코믹, 블록버스터, 무술 영화 같은 다양한 장르의 개별 작품들을 미리 섭렵하지 않으면 괜시리 경멸의 눈길을 받게 되는 경우가 왕왕 생기곤 했다.

아들 녀석은 커튼이 쳐진 살림방에 파란색 강아지 인형을 안고 잠이 들어 있다. 사내는 아들의 뺨을 덮은 머리카락을 귀 뒤로 쓸어 넘겨주고 이불을 어깨 위로 여며주었다.

사내는 카운터로 돌아온다. 벌써 크레딧이 올라가고 있다. 마이크 반 디엠의 「캐릭터」. 엄혹하고 비정하기 이를 데 없는 법 집행관인 드레버하겐을 아버지로, 가타부타 그 어떤 표현도 삼가는 함묵적이고 철저하게 방어적인 태도를 취하는 하녀 출신인 요바를 어머니로 둔 야콥 카타드르프. 야콥은 연민, 자애, 동정 같은 뜨듯하고 여리여리한 감정 따위와는 무관한 드레버하겐이 난생 처음으로 사랑을 느낀 하녀를 겁탈해서 생긴 아이였다.

요바는 궁핍의 가파른 벼랑으로 몰리면서도 그가 내미는 손길을 단호하게 거절하며 혼자 야콥을 키워낸다. 요바와 드레버하겐 둘 다 인생에서 환상 따위는 없다는 것을 너무도 잘 아는 인간들. 사각의 링에서 턱이 날아가고 이가 부서져도 절대로 기권이 허용되지 않는 권투 선수처럼 삶과 적대적으로 대결하는 인간들이다. 그들은 마음을 숨기고, 상심을 가리고, 슬픔을 감춘다. 섣불리 관계의 화해나 회복을 꿈꾸지 않으며 자신의 유형지 안에서 고독과 맞선다.

야콥은 육친의 정이라곤 털끝만큼도 느낄 수 없는 아버지 드레버하겐을 뛰어넘기 위해 고군분투한다. 패자를 가장 역겨워하는 드레버하겐은 역설적이게도 약육강식의 냉정한 법칙을 훈련시키는, 야콥의 조련사역할을 한다. 어린 사자에게 가혹한 매질을 하고 증오의 이빨을 갈며 그를 잡아먹기 위해 으르렁거리며 투지를 불태우게 한다. 어린아이는 아버지를 죽이고 싶다는 생각을 언감생심 꿈도 꾸지 못한다. 힘이 평균을 이루었을 때 상대를 죽일 수 있다. 살의의 키가 자라는 것은, 육체의 키가 자라고 나이의 키가 자라는 것과 정비례하는 것이다. 힘의 수위를 넘치게 하기 위해서는 세월을 천천히 담수시켜야 하는 법.

야콥은 필사적으로 법률 공부에 매달려 원하던 변호사가 된다. 변호사가 된 바로 그날, 야콥은 드레버하겐을 찾아가 어린 시절 아버지가 야콥에게 주었던 칼을 책상 위에 메다꽂는다. 아버지에 대한 혐오와 공포를 드디어 극복했노라는 상징적 행위인 것이다. 그러나 아버지를 응징하는 방식으로 아들이 택한 생의 목표는 역설적으로 아버지가 의도하고 바랐던 욕망과 궤를 같이 한다. 결국은 승자가 된 아들.

드레버하겐은 관계의 종지부를 찍고자 하는 아들 야콥과 처음이자 마지막으로 육친적 엉김을 시도한다. 끔찍하고 잔인한 폭력, 상대의 멱을 끊고 늑골을 박살내고 살덩이를 해체시켜 버리는 싸움, 그 싸움질을 통해 드레버하겐은 부둥켜안고 싶었던 제 새끼에 대한 수컷으로서의 동물적 욕망을 풀어헤친다. 아들에게 흠씬 맞음으로써 근친에 대한 사랑을 벌충하는 고독한 아버지, 드레버하겐. 아들이 떠난 뒤, 피투성이가 된 아버지는 쥐고 있던 모든 것을 놓아버린 자의 고적한 무력과 평온의 표정을 지으며 복부에 칼을 디밀고 결연히 바닥으로 추락한다. 일생 동안 잔인무도하게 축적해 놓은 막대한 유산을 아들 야콥 앞으로 남기면서.

제기랄, 감동으로 몰아가고자 하는 이 영화의 결말이라니. 아버지의 잔인함은 아들 잘되기만을 바라는 정교하게 계산된 부정(父情)이었으며, 철딱서니없는 아들은 절대로 눈치 채지 못할 속내 깊은 부성이었다는 말인가. 사내는 감독이 의도한 결말에 욕지기가 일었다. 단지 아버지는 끝없이 극복해야 할 대상으로 군림하는 파시스트이자, 자신이 이루지 못한 욕망을 자식에게 쑤셔대며 분풀이하는 사디스트였을 뿐이다. 점잔 빼는 삶의 통속적 의례와 좀팽이나 되게 만드는 제도에 대한 복종을 가르치며 존재의 감옥에 가두는 간수가 아버지라는 인간인 것이다. 비장감을 자아내기 위해 시종 거칠고 어두운 화면을 만들던 감독의 연출 의도는 핏줄은 회귀한다는 관성적인 해석이었을 뿐인 것이다.

사내는 기분이 축축해지고 씁쓸해진다. 사내는 쓸데없이 감정의 기어를 상단으로 올리는 짓 따위는 하고 싶지 않았다. 그런데도 오물이 튄 것처럼 불쾌해진 기분은 좀체 사라지지 않는다.

아버지. 불러본 지 오래된 말이다. 아버지, 아버지……, 씹새끼.

사내는 육체에 각인되지 않는 고통이 기억에 보존되는 것을 보지 못했다. 육체에 새겨진 상처만이 정신을 흔든다. 정신의 고통이 육체의 고통보다 더 진실하고 크다고 믿지 않았다.

사내의 아버지가 사내에게, 어머니에게, 형에게 가했던 육체의 학대는 무릎에 어깨에 머리에 끈덕지게 남아 두고두고 아픔을 남겼다. 사내의 아버지는 교활했다. 신체에 흠이나 멍을 남기지 않고 정확히 급소를 가격할 줄 아는 사람이었다.

사내의 아버지는 총을 사랑했다. 총은 아버지에게 권력의 상징이었다. 아버지는 권력의 핵심에도, 힘의 피라미드 꼭지점에도 다다를 수 없는 사람이었다. 갑종으로 단기 장교 교육을 받아 전시 상황에서 급조된 장교는 끝이 빤히 보이는 인생이었다. 별을 달지 못하리라는 것을 그는 누구보다도 잘 알고 있었다. 잘해야 매급으로 전역할 자신의 볼품없는 미래에 대해 너무나 잘 알고 있던 그는 그 울화를 가족을 향해 아낌없이 퍼부었다. 자신의 처지에 대한 불안이 군내에서 확인된 날이면 어김없이 잔혹극을 벌이던 아버지. 술도 먹지 않고 맨정신으로 온 가족을 혼란과 불안으로 몰고 가는 요령부득의 광기 앞에 오들오들 떨어야 했던 수난의 절규. 전혀 진부해지지 않는, 어리석고도 통제 불가능한 정신 착란에 가까운 광태가 벌어지면 어린 사내는 존재 지우기 게임을 했다. 나는 지금 여기에 없다 없다 없다 나는 없다.

잔인함이란 간특하게 위장된 두려움이거나 자신의 힘에 대한 과도한 표현 욕구 중의 하나라는 것을 사내는 아버지를 통해 알았다. 느긋하고 합리적인 자기 확신의 과정 없이 성장한 사람이 턱없이 거만하다는 것과 비굴하게 굴면서 근근히 쌓아온 비루한 삶의 성취를 이룬 사람이 강박의 그늘로 자식을 어둡게 덮는다는 것도.

사내의 어린 시절, 군수 참모였던 사내의 아버지에게 군납할 물품이 납품될 수 있도록 하기 위해 업자들이 집 문턱이 닳도록 드나들었다. 사내의 아버지는 그들이 물고 온 어떤 뇌물에도 끄떡하지 않았다. 그들은 사내의 아버지를 몰랐다. 아버지가 흔들리지 않는 것은 특별히 청렴하거나 군인으로서의 사명감이 투철해서가 아니라는 것을. 그들은 그를 움직이게 하는 욕망의 뇌관이 어디에 묻혀 있는지를 몰랐을 뿐이다. 현역일 때 한몫 챙기는 것은 그때로서는 크게 문제될 것이 없었다. 그럼에도 불구하고 사내의 아버지는 납품업자 사이에서 깐깐하기 그지없는 군수 참모였다. 누이 좋고 매부 좋은 짓, 눈 딱 감고 아웅 하면 될, 더없이 간단하고 뒤끝 깨끗할 거래를 그가 군이 하지 않았던 이유는 다른 데 있었다. 그의 눈을 확 돌게 하는 물건을 제시하는 업자가 없었기 때문이었다.

그런데 어떤 물건에도 돌부처와 같던 사내의 아버지를 냉큼 돌아앉게 한 물건이 하나 들어왔다. 그때 시세로 작은 집 한 채 값에 해당하는 물건을 들고 업자가 집을 찾아왔다. 업자는 길쭉한 상자를 양팔로 감싸안듯이 들고 왔다. 안방에서 사내의 가족이 지켜보는 가운데 상자의 뚜껑이 열리고 물건은 모습을 드러냈다.

총이었다. 사내의 아버지는 크악 가래를 돋우었다. 맘에 든다는 뜻이었다. 서부 영화에서 존 웨인이 폼나게 꼬누며 악당을 향해 쏴댔던, 윈체스터 장총이었다. 늘씬하고 매끈하던 윈체스터. 당당하고 오만하게 빛나던 그놈의 총신을 사내의 아버지는 마른침을 삼켜가며 애인의 나신을 만지듯 부드럽게 쓰다듬어댔다.

아름다운 총미, 잘 깎여진 가늠쇠, 모양 좋은 레버, 총열의 날렵함, 나긋나긋하고 부드러운 작동, 아젝터와 잠금장치 기능의 탁월한 결합, 연소 뒤의 소쇄한 뒷맛. 그놈은 총이 갖는 모든 매혹을 뿜어내고 있었다. 총은 완벽했다. 총은 아버지의 전부, 아니 총은 아버지였다. 마누라 궁둥이는 하루에 한번 안 두드려봐도 총은 매일 만지지 않으면 허전해서 못 견딘다는 골수 엽사처럼 그도 매일 총을 끼고 살았다. 그즈음 부라퀴 같은 그가 수줍고 관능적인 표정을 곧잘 짓곤 했다. 그것은 사랑에 빠진 자 특유의 표정이었다.

사병들을 대동하고 그는 자주 사냥을 나갔다. 사냥 뒤엔 머리통이 박살난 까투리나 거의 형체를 알아보기 힘들게 파괴되어 버린 들오리 따위가 마당에 던져져 있곤 했다. 야생 조류같이 덩치가 작은 것들은 더 이상 그를 자극하지 못했다. 성능 좋은 그의 총으로 박살나 버린 새들은 그의 전리품이 되기엔 너무 작고 볼품없었다.

자신을 향해 저돌적으로 육박해 오는 속도가 강하고 덩치가 큰 놈을 만나고 싶어진 것이다. 거친 야생 짐승들과 정면으로 맞붙어서 아슬아슬한 생사의 갈림길에 서는 짜릿한 맛에 그는 서서히 중독되어 갔다. 도박도 아닌 생명에 베팅을 거는 중독 뒤에 종내 맞부딪히게 될 비극을 전혀 예감하지 못하고 있었던 것일까.

모든 게임의 룰은 공정하다. 사냥꾼이 사냥감을 발견했을 때, 동시에 그 사냥꾼은 사냥감의 먹이가 된다는 것은 사냥터에서의 법칙이 아니던가. 짐승이 지나간 발자국을 살피고 냄새를 맡는 자신의 용의주도함 뒤엔 야생의 숲속에서 태어나고 자란 짐승의 먹이감에 대한 기민한 수성(獸性)이 도사리고 있다는 것을 그는 몰랐단 말인가.

사내 아버지의 비극은 예정된 것인지도 몰랐다. 낮보다 밤이, 논보다는 깊은 산이 멧돼지 사냥에 좋다는 전문 사냥꾼의 말을 듣고 그는 사냥을 떠났다. 몰이꾼을 주로 대동하곤 하던 그가 그날은 단독으로 떠났다.

그는 자신의 연인인 윈체스터 총과 누구의 간섭도 받지 않는 밀월 여행을 떠나고 싶었던 것일까. 긴장과 흥분으로 홍조를 띤 그의 뺨에 어리던 신선한 색조를 사내는 잊지 못한다. 어떤 계산도 깔리지 않은 순정한 얼굴, 참으로 낯선 얼굴이 떠나는 그를 지켜보던 사내의 가족들에게서 대문으로 사라져갔다.

멧돼지의 습성이 경사진 곳 아래로부터 위쪽으로 올라가는 것이기 때문에, 산의 경사진 곳 위에서부터 차근차근 밑으로 내려오는 상하 일직선의 몰이 방법을 써야 한다는 것쯤은 그도 익히 알고 있었을 것이다. 때문에 사냥꾼은 골짜기 안으로 들어가서 멧돼지가 나타날 만한 곳에 목을 잡고 기다려야 한다는 것과 너무 가까운 거리에서 몰이를 했을 경우에는 놈이 놀라서 엉뚱한 곳으로 달아나버려 실패할 확률이 높아진다는 것도. 반대로 먼 거리에서 목을 잡을 경우에는 멧돼지가 경계를 푼 상태에서 목으로 들어오기 때문에 놈이 비교적 가까운 거리까지 와 있을 때 사격을 할 수 있다는 것까지도.

깊은 골짜기 안으로 들어간 그가 놈에게 추격을 당했을 때, 피할 수 있는 지형이 그다지 만만치 않다는 사실은 고려에 넣지 않았던 것일까. 청각과 후각이 발달한 야생 멧돼지가 고요한 골짜기에서 살 냄새를 풍기며 바스락거리는 기척을 내는 낯선 동물에 대해 기민하게 반응하지 않을 리는 만무할 터.

명중시킬 확률을 높이기 위해 그는 놈이 자신을 향해 더욱더 가까이 다가오길 기다렸을 것이다. 그는 놈의 사격 부위의 넓고 큰 둥치만 계산했던 것일까. 그를 향해 저돌적으로 육박해 오는 놈의 속도를 일 초의 오차도 없이 예측하지 못했다는 것은, 그의 치명적인 실수였다. 멧돼지와 함께 실려온 그는 실수의 대가로 그의 다리 한쪽을 내놓아야만 했다.

절단난 육신과 비굴한 영혼이 짝패를 이루어 사내의 아버지를 무두질해 댔다. 발바닥이 근질거려 미치겠어, 정강이뼈가 시려워 돌아버리겠어, 무릎이 욱신거려 환장하겠어. 사내의 아버지는 이미 사라져버린 다리 한쪽의 발바닥과 정강이뼈와 무릎에 대한 환통으로 가족들을 생지옥으로 몰아갔다. 막소주에 진통제를 한 움큼씩 털어넣고서도 그는 버르적거리며 뒹굴었다. 자신의 고통에 대한 적나라한 연출 덕에 사내의 가족은 그들의 두 다리가 멀쩡하다는 사실에 비통해하면서 잔인한 쇼를 구경해야만 했다. 고통을 정리하는 영혼의 수납 공간이 없던 아버지, 비천한 인간. 사내는 가

상의 고통으로 헐떡거리는 게접스러운 아버지를 향해
침을 뱉고 싶었다. 그가 살든지 죽든지 이미 사내의
관심이 아니었다. 매일 그가 사라져주길, 차라리 뒈져
주길……, 바랐다.

파니 핑크

설날 연휴 마지막 날이다.

그녀가 왔다. 파니 핑크. 사내는 이름을 알 수 없는
그녀를 파니 핑크라고 불렀다. 그녀가 듣지 않게 속으
로만. 한 달에 두어 번 부정기적으로 사내의 비디오방
에 들러 「파니 핑크」라는 비디오 테이프를 보고 가는
여자다.

나이를 가늠할 수 없는 여자. 머리 모양에 따라 십
년 정도의 나이 차가 느껴지는 여자. 전체적으로 실루
엣이 가늘고 긴 여자. 손마디가 굵고, 뭉툭한 손톱을
지닌 여자. 검정색 옷을 즐겨 입고 블라우스의 모든
단추를 남김없이 꽉 채운 여자. 작은 몸피에 또렷한
윤곽을 지닌 얼굴, 동그스름한 턱 선, 침착하게 정돈
된 슬픔이 배인 진갈색의 큰 눈을 가진 여자.

그녀와 어떤 얘기도 나눈 적이 없지만, 사내는 그녀가 가끔 자신의 비디오방 출입문을 열고 들어올 때면, 자신이 혹 그녀를 기다리고 있었던 것은 아닌가 생각해 본다. 사내의 비디오방에 출입하는 유일한 여자는 물론 아니다. 세심하게 살피면 그녀가 가지고 있는 여러 특징들은 다른 여자들에게서도 발견할 수 있는 여성적 징후들인지도 모른다. 특별히 그녀가 다른 점이 있다면, 다른 여자들은 매번 다른 비디오 테이프를 신청해서 보고 가지만 그녀는 오직 「파니 핑크」만 본다는 것뿐.

그녀는 왜 「파니 핑크」만 보는 것일까. 어쩌면 그녀는 매사에 융통성 없이 고집만 부리는 여자일지도 모른다. 영화 속의 여주인공처럼 배반만 일삼는 애인들에게 채이고, 제 옆에 다가온 진정한 사랑을 발견하지 못한 채, 죽음 예행 연습이나 하면서 하루하루를 관속에 들여넣듯 살아가는 염세적인 여자일지도. 나는 강하다. 나는 아름답다. 나는 사랑하고 사랑받는다. 쓸쓸한 파니 핑크처럼 매일 스스로에게 주문을 걸면서 헛된 자아 강화 훈련이나 하고 있는 여자일지도. 아니면, 그녀의 오르페우스를 안타깝게, 절망적으로, 기다리고 있는지도……

하지만 사내는 그녀가 부탁한 다섯 개의 커피를 쟁반에 챙겨 그녀가 사향고양이처럼 몸을 웅크리고 앉아 있는 방까지 가는 동안 자신의 발걸음이 휘청거린다는 것은 확실히 알고 있다. 인기 있는 비디오 테이프는 여러 벌 갖추어놓곤 하지만 그녀가 즐겨보는 「파니 핑크」는 한 개면 충분하다.

그러나 사내는 그녀가 온 뒤, 또 한 개의 테이프를 구해 놓았다. 그녀가 줄담배를 피우며 커피를 마셔대며 보고 있을 「파니 핑크」를, 사내는 카운터에 앉아 본다. 그녀가 떠나고 나면, 사내는 그녀가 머물렀던 방에 들어가 그녀가 앉았던 의자에 그녀처럼 무릎을 팔로 감싸고 웅크려본다. 담배를 내뿜을 때, 내면의 향기까지 나오는가. 사내는 방안에 떠도는 옅은 화장수 향기와 달착지근한 커피 향과 쌉쌀한 담배 연기가 사라질 때까지 머물곤 했다. 「파니 핑크」의 병들고 지친 흑인 오르페우스처럼. 다만 그녀가 왔다 갔을 때, 그때만 그녀의 오르페우스가 될 뿐. 그날 본 영화의 등장인물 역할을 할 뿐. 그뿐이다.

마흔넷, 남자 나이로는 생의 클라이맥스에 이른 지점인지도 모른다. 새로운 가치를 찾아가는 인생 최대의 도전 가운데 하나가 제기되는 시기이자 동시에 이

도전을 잘 극복하지 못하면, 다시는 재기의 가능성이 없는, 파멸의 징조가 뚜렷한 시기. 사내 역시 한때는 세상이 들이민 가치에 의욕적으로 매달린 적이 있었다. 일관된 인상을 주기 위해 자신의 표정을 매일 거울 앞에서 연습하기도 했고, 신뢰감을 주기 위해 전략적으로 의상을 코디하기도 했었다. 적어도 아내가 살아 있는 동안에는.

사내에게 아내는 때로 먼 친척 같기도 하고, 때로는 핏줄 같기도 한 존재였다. 확실한 공통점을 공유하지 않으면서도 그럭저럭 서로를 참아내며 살아가는 룸메이트 정도로 사내는 아내를 받아들였다. 사내는 아내를 다른 여자로 대체해서 생각해 본 적이 없었다. 이 여자가 아니면, 좀더 관계가 달라지지 않았을까 따위의 상상은 망상이었다. 아내를 두고 다른 여자를 탐하는 회사의 남자 직원들을 사내는 이해할 수 없었다. 이십사 시간 함께 붙어 있으면서 잠시 떨어져 있는 것도 못 참아내고 서로를 애무하기만을 바라는 우스꽝스런 낭만극은 연애 시절부터 사절이었다.

식물원의 화초처럼 곱게 자라, 뒤틀린 인간의 악마성에 대한 한 터럭의 이해도 원천적으로 불가능한 여자를 사내는 결혼 대상에서 열외시켰다. 아무도 초청하지 않을 결혼식에 가타부타 군말 없을 여자가 필요했다. 아버지와 의절하고 사는 것에 대해 어쭙잖은 화해를 종용하는 따위의 어설픈 만용을 부리지 않을 여자. 사내가 하는 일에 일체 토를 달지 않고 진정으로 긍정할 수 있는 여자. 아무것도 묻지 않고 충고하지 않는 여자. 그런 여자라면 사내는 결혼할 용의가 있었다.

아내와 선을 봤을 때, 아내의 얼굴에 드리워진 적당한 그늘이 그저 무사태평하게 살아온 여자는 아니라는 느낌을 주어 사내는 마음에 들었다. 나름대로 정신의 흉터도 가지고 있음직한 성숙함이 그녀에게서 풍겨나왔다. 어리숙한 감상도, 쉽게 속내를 까발리는 천박한 노골성도 없어 보이는, 서른 살의 노처녀인 그녀에게 사내는 청혼을 했다.

어느 날, 아내가 사라져버렸다. 결혼한 이후로 아내는 사내에게 붙박이 장롱이었고, 부엌의 씽크대였으며, 움직일 수 없는 냉장고였다. 장롱에는 언제나 다림질이 잘된 사내의 옷들이 걸려 있었고, 서랍에는 조금의 흐트러짐도 없이 양말과 손수건과 속옷이 개어져 있었다. 부엌에는 깔끔하게 설거지가 된 흰 접시들이 도열하고 있었고, 입이 짧은 사내를 위한 맛깔스러운 밑반찬들이 준비되어 있었다. 그런데 붙박이 장롱이, 부엌이, 냉장고가 사내를 떠나버린 것이다. 그것도 한 걸음씩 힘겹게 발을 뗀 것도 아니고, 몸째 들어 올려 냅다 날려버린 것이다.

사내의 아들은 생후 칠 개월경 치아가 나기 시작했다. 그닥 늦지도 빠르지도 않은 성장의 징후였다. 사내는 고통을 느끼지 않고서도 성장하는 아들에 대해 희망을 갖기 시작했다. 사내는 아들의 귀엽고 앙증맞은 치아를 들여다보며 건장한 사내로 커나갈 아들을 상상했다. 상상만으로도 사내는 행복했다. 내 인생이, 저 녀석의 인생이 완전히 박살난 건 아닌 게야.

사내는 반복적인 발열이 아들의 뇌를 망가뜨리지 않으며, 성장 시스템을 작살내는 것도 아님을 알았다. 사내는 녀석에게 집중된 관심을 자신의 출세를 위해 분배할 수 있었다. 아내는 어미 본연의 지극한 정성과 보살핌으로 아들을 거뒀다. 가급적 외출도 삼가고 아들 곁에 붙어 있는 아내의 모습은 사내를 편안하게 했다. 어미라면 당연한 일이었다.

아들의 이가 완전히 다 돋은 네 살 무렵, 사내는 진급을 위해 업무와 시험 공부를 병행하는 강행군을 했다. 정상적인 아들을 가진 다른 남자들보다 더 잘나가야 한다는 강박이 그를 채찍질했다. 강박은 사내에게 스트레스가 아니라 의욕의 다른 형태였다. 파워 게임에서 항상 승자가 되어야만 한다고 가르쳤던 아버지 덕에 길러진 투지는 의외로 쓸 만한 것이었다.

사내는 서재에서 책을 붙들고 있었다. 아내는 부엌에서 밑반찬 따위를 준비하느라 분주했다. 사내와 아내는 아이 가까이에 머무르고 있었다. 아들에게 일어날 위험에 즉각적으로 대처할 수 있는 상황이었다. 아들은 제 방에서 레고를 가지고 놀고 있을 것이었다. 아무것이나 삼키는 철없는 나이는 지났다.

얼마가 지났을까. 커피를 마시기 위해 아내가 있는 부엌으로 갔다. 아들의 방에서는 비록 혀 짧은 웅얼거림이었지만, 별 탈 없다는 듯 즐거운 목소리가 새어 나왔다. 사내는 피곤도 풀 겸, 막간의 휴식에 아들과 잠깐 놀아주고 싶었다. 자신이 방문을 갑작스럽게 열어 아이가 놀라며 품에 안기는 모습을 흐뭇한 마음으로 상상하며 아이 방 앞으로 발소리를 죽이며 걸어갔다. 사내는 아들의 방문 고리를 거칠게 돌려 문을 열었다.

사내의 코끝에 강렬하게 혹, 끼치던 피비린내. 자신의 유희에 몰아 상태로 빠져들었던 아들의 들뜬 얼굴이, 피로 범벅인 입술이 사내의 시선에 달려들었다. 아들 방의 꽃무늬 벽지가 선홍색 피로 요염하게 번들거리고 있었다. 급작스럽게 열린 문을 향한 아들의 얼굴은 희열로 환하게 피어올랐다. 아들의 열 손가락에서 떨어지는 핏방울, 핏방울들. 아들은 자신의 손가락을 물어뜯어 나온 피로 벽에 그림을 그렸던 것이다.

　뜨겁고 아린 통증이 사내를 훑고 지나갔다. 선지피에 담긴 내장처럼 자신의 피에 흥건하게 몸을 담근 아들. 격렬한 분노가 사내를 내리쳤다. 사내는 아무런 통증도 느끼지 못한 채 자신의 몸을 자해하면서 놀이에 몰두했던 아들을 용서할 수가 없었다. 아들은 사람이 아니라 짐승이었다. 사내는 짐승이 되어버린 아들을 차라리 찢어발기고 싶었다.

　「비명을 질러봐, 제발. 아파 죽겠다고 소리를 질러보란 말이야. 제발 제발 제에바알!」

　사내는 자신에게인지 아들에게인지 모를 고함을 질러대며 아들을 때렸다. 아이는 없다. 아이는 없다. 악마가 아들로 변신한 것이다. 아들은 악마다. 사내는 나병 환자처럼 신체의 일부가 떨어져 나가도 무감각한

아들 안에 들어 있는 악마, 그 악마를 쫓아내야 한다
고 생각했다. 맞고 있는 것은 아들이 아니라 악마였
다. 어딘가에 꼭꼭 숨어 있을 고통을 느끼는 세포 한
가닥만 찾아낼 수 있다면. 뇌를 벌려서라도 아들의 통
각(痛覺) 한 조각만 찾아낼 수 있다면.

아내의 피묻은 발꿈치를 보았던가. 아이의 방에 사
내만 남았다. 아들도 아내도 보이지 않았다. 실신해
버린 아들을 안고 아내는 어디로 간 걸까. 사내는 피
칠갑이 되어 있는 벽에 머리를 짓찧으며 통곡했다.

사내는 십이층 아파트 베란다에서 허공으로 걸어가
버린 아내의 사체에서 완벽한 고요를 보았다. 사내가
아들을 때려 실신시킨 지, 정확히 이 주일 만에 아내는
돌아와 유서 한 장 없이, 자신의 고통을 끝, 냈, 다.

THE END

아들을 둘러싸고 있는 모든 물체들은 모두 흉기였
다. 그렇다고 아들을 묶어둘 수도 없었다. 사내는 출
근한 뒤에 자신이 없는 상태로 아들을 방치할 수도 없
었다. 아들의 훼상을 생각하면 아무것도 할 수 없었

다. 사내는 직장을 정리하고 퇴직금을 받아 이전에 살던 곳과 대척점에 위치한 이 소도시로 이사를 했다. 이십사 시간 아들과 함께 있기 위해 사내는 비디오방을 차렸다.

녀석은 제 또래 아이들과 놀 수 없었다. 녀석은 기이한 행동, 다른 아이들은 겁이 나서 감히 상상도 못할 짓을 했다. 손가락을 드릴처럼 사납게 자신의 귓속으로 쑤셔대어 피를 보거나, 관절이 부러지는 것도 모르고 과격하게 팔목 따위를 비트는 짓을 태연한 얼굴로 해댔다. 아들의 성장은 점진적인 파괴의 진행을 의미했다. 고통이 없기 때문에 선천적으로 내재한다고 여겨지는 자기를 보호하는 감각을 잃어버린 아들. 고통이 주는 낯설음, 더구나 핏줄이 건네주는 고통은 어떤 제어 장치도 없었다.

사내는 자신의 고통에 채워두었던 브레이크에서 발을 떼고 아들과 함께 내리막길을 가리라고 결론지었다. 치유에 대한 갈망도 접어두었다. 그 모든 것들을 운명의 일부라고 치부하면 마음이 외려 편했다. 그렇다고 어떤 불유쾌하고 거대한 힘의 존재를 용서하는 것은 아니었다. 다만 도망칠 수 없는 것만은 명백하게 인정하겠다는 것일 뿐. 사내는 너무도 뻔뻔스럽고 노골적으로 자신의 생에 어기대는 어둠을 무시하려고 노력했다. 구원이 자신에게 너무도 뜨악한, 저 세상에 군림하는 신에게 있다고도 믿지 않았다. 기도를 바치는 시간에 녀석과 함께 뒹구는 것이 더 경제적이라고 생각했다.

사내는 아무도 만나지 않는 자폐의 시간과 공간이 자신과 녀석에게 썩 잘 어울린다고 생각했다. 세상과의 격절은 의외로 평온함을 주었다. 사내는 과거 속의, 토사곽란을 일으킬 것 같은 고통으로 일관된 자신의 고정된 역할을 점차 잊어갔다. 총감독이었던 아버지도, 부감독인 어머니도, 잠시 사내 곁에서 아내 역할을 했던 여자도 모두 무대를 떠났다. 사내도 녀석도 떠나면 고통이 주제가 되었던 이 극도 끝날 것이었다. 단 한번의 리허설도 없었던 무대는, 텅, 비어 있을 것이다.

사내는 오늘도 진열대에서 비디오 테이프를 고른다. 수천 편의 대리 인생들이 사내의 손길에 뽑혀 나온다. 무한 변주되는 타인들의 생, 주제를 강화하기 위해 약방의 감초처럼 꼭 들어 있는 고통의 생들을 사내는 들여다본다. 사내는 매일 새로운 배역을 맡고 한번도 맛보지 못한 날것 그대로의 타인의 생을 맛본다. 때로 녀석의 겨드랑이를 간지럽히면서. 크크, 크르르르. 사내는 녀석처럼 웃어본다. 생이 가렵다.

둥근잎나팔꽃

푸른곰팡이

블라인드를 통해 오후의 햇살이 비쳐든다. 사광(斜光) 안에서 익사체가 떠오르듯 피사체가 돌올된다. 네크가 장미나무로 만들어진 슬라이드 기타는 오랫동안 조율이 안 돼 줄이 느슨해진 채 벽에 기대어 있다. 하지만 한동안이나마 줄의 팽창력을 견뎌낸 프렛보드의 나뭇결은 곧고 바르다.

기타를 퉁기면 뚜벅거리며 그가 내게로 걸어올 것만 같다. 기타를 품에 안고 냄새를 맡아본다. 냄새는 얼마나 많은 추억들을 불러내는가. 그와 나누어 먹었던 긴 막대 같은 바게트 빵. 소금 맛과 밀가루 맛밖에는 별다른 맛이 없는 빵을 그는 오븐 속의 불 맛이 들어 있다며 달콤하게 먹어댔다. 나는 바게트를 씹을 때마다 한 마리 암염소가 된 기분이 들곤 했다. 마른풀을 씹어대는 느낌, 누런 갱지를 찢어 먹는 느낌이 들어서 커피에 적시지 않고서는 먹기가 고약스러웠다.

먹다 던져둔 바게트에 곰팡이가 피어 있다. 푸른곰팡이를 가지고 그는 예쁜 약을 만들 수 있다고 말했었다. 제니스 조플린의 음악을 만들어준 약. 곡류 맥각에 서식하는 곰팡이, 엘에스디.

그의 패스포트 갈피에는 얇은 압지가 몇 장 들어 있었다. 그 압지에는 엘에스디가 묻어 있었고 그는 그것을 손톱 크기만큼 잘라서 내 입속에 넣어주곤 했다. 그는 그에게 온 편지의 우표를 떼어서 입안에 녹여 먹곤 했다. 그의 친구가 마약 복용이 불법인 이 나라에 여행 온 그를 위해서 우표 뒤에 엘에스디를 묻혀 보내온 것이다. 우표를 먹으면서 그는 행복한 표정을 지었다. 아련히 웃던 그는 속삭이듯 말했다.

「나는 한 통의 편지야. 우표는 내 몸속에 붙어 있어. 어디로든 나를 배달해 줘」

그는 해안이 뱀처럼 길다랗게 뻗은 자신의 고향으로 직배되었을까. 그와 함께 듣던 라이쿠더의 음악이 들려오는 듯하다. 슬라이드 기타의 명인, 라이쿠더. 「파리, 텍사스」라는 영화 속의 황량한 사막이 파노라마 사진처럼 내 눈앞에 펼쳐지는 듯하다. 아르카로와 카메라가 있어야 찍을 수 있는 드넓은 사막. 내가 가지고 있는 폴라로이드 카메라로는 어림도 없는 넓이다. 사막을 걷다가 우연히 만난 은빛 여우나 선인장의 꽃들이나 찍을 수 있는 내 작은 카메라. 방안에 놓여 있는 시디 플레이어에 라이쿠더의 음반을 올려놓는다. 라이쿠더의 음악을 듣는 것으로 사막을 횡단하는 즐거움과 고단함을 만끽한다.

방이 어두워진다. 블라인드 사이로 비껴나오던 햇살도 눅눅한 어둠으로 바뀌어 역청처럼 끈끈하게 사물에 붙어간다. 사과 상자 위에 올려놓은 화분 속의 둥근잎나팔꽃들이 시든 채로 고개를 꺾고 있다. 책상 위의 폴라로이드 카메라는 어둠의 압지에 빨려들어갈 듯이 옹그리고 있다. 슬라이드 기타도 벽에 기대어 느슨해진 현을 추스를 생각도 않은 채, 숨을 죽이고 있다. 이 모든 방안의 사물들이 네거티브 필름 상태에 있는 것만 같다. 물구나무를 선다. 도립(倒立). 어두운 방

의 거꾸로 선 물상들을 눈으로 가상의 프레임에 담아
본다. 카메라 옵스큐라.

자화상

신디 셔먼의 포트폴리오를 들여다본다. 마를린 먼
로, 빅토리아조의 왕비, 황폐한 눈빛의 노파, 남부의
촌뜨기 숙녀, 의관을 정제한 신사, 들창코를 한 암퇘
지, 적출된 내장을 토해 놓고 둔부를 공중으로 치켜든
괴물. 풀숏으로 피사체를 찍은 그녀의 자화상들. 그녀
의 자아는 다채롭다기보다는 다중적이다. 철저히 자아
에게로만 뷰 파인더를 들이민 그녀. 그녀의 이름에서
는 작두 위에서 맨발로 칼춤을 추는 샤먼의 분위기가
풍긴다.

과천 현대미술관에 가면 그녀의 사진을 볼 수 있다
는데, 나는 아직도 이 작은 소도시를 벗어나지 못하고
있다. 이 도시는 늪이다. 늪은 바닥이 없다. 바닥으로
내려가기 위해 허우적거리는 것은 늪의 속성을 모르는
사람만이 하는 헛된 몸부림이다. 철들기 시작하면서부
터 나는 이 늪을 빠져나가기 위해 발버둥쳤다.

늪 속에 사는 엄마 악어는 늘 이렇게 말하곤 했다.

——아가야, 이 늪은 너무 따뜻하고 정겹지 않니? 우리 악어 가족이 살기에는 아주 맞춤한 곳이지.

늪 밖의 숲으로 나가기 위해 짧은 발을 동동거리면 아빠 악어는 근엄하게 일갈을 했다.

——애야, 저 숲은 네 악어 가죽을 노리는 사람들로 우글거린단다.

이십오 년 동안 나는 가족이 흘리는 눈물을 받아먹으면서 무럭무럭 자라났다. 그들이 흘리는 눈물, 악어 눈물이 늪 속에 빠진 먹이를 삼키고 소화시키기 위해 흘리는 분비물인 줄 나는 몰랐다. 내장을 들여다보는 일은 너무도 어렵다. 자기 안을 골똘히 들여다보는 짓을 악어들은 하지 않는다.

그런 가짜 눈물 말고 내게 진짜 눈물을 가르쳐줘.

지방 삼류 대학의 가정과를 졸업한 지 벌써 두 해가 넘었다. 초등학교 선생님으로 사십 년 넘게 결근 한번 하지 않은 아버지의 꿈은 자식들 모두 대학을 졸업시켜서 교사로 만드는 것이었다. 위로 오빠와 언니는 아버지의 대차 대조표에 한치의 착오도 없이 지방 국립 대학교의 사범 대학을 졸업하고 선생님이 되었다. 어머니의 자랑은 우리가 교육자 집안이라는 것이다. 그녀는 새벽마다 도시락 두 개를 챙겨주면서 임용 고시에 합격하기를 일구월심 빌고 있다. 두 끼니의 식량을 들고 나서는 곳이 도서관이 아니고 블라인드가 쳐진 그의 방이라는 것을 그녀는 꿈도 꾸지 못할 것이다.

변변한 공장 하나 없는 이 도시에서 사람들은 굶지 않고 잘도 산다. 가정과를 졸업한 과 친구들은 임용 고시 한 달 전에나 티오를 발표하는 당국의 처사만 기다리면서 이십대의 팔팔한 청춘을 폐기 처분하고 있다. 그녀들은 싸구려 백 원짜리 자판기 커피를 열 잔씩 마셔대면서 만성 변비나 위장염으로 시들어가고 있다. 그녀들의 희망은 하나다. 가정 선생님. 도청 말단 공무원의 딸이거나 동사무소 직원의 딸인 그녀들이 패션모델을 꿈꾼다거나 영화배우를 꿈꾸는 것은 다이애너 왕세자비가 되기를 바라는 것만큼 황당하고 웃기는 일이다.

졸업하고 한번도 티오가 나지 않은 가정 선생님 자리를 차지하기 위해 그녀들은 화석같이 굳은 얼굴로 도서관의 빈자리를 찾아 피난민들처럼 옮겨다닐 뿐이다. 사월의 목련꽃 아래에서도, 유월의 살구나무 그늘 아래에서도 그녀들은 웃지 않는다. 그녀들은 이미 다른 희망을 낳을 줄 모르는 불임이 되어버린 것이다.

아, 다르게 살고 싶어. 아니 이 늪에서 도망치고 싶어.

종강을 한 후 텅 빈 강의실 의자에 앉아 담배를 피우며 나는 잘 믿어지지 않는 하느님을 향해 빌고 또 빌었다.

단 한번만 이 늪에서 저를 구원해 주세요. 오, 마이 갓.

선생님 간은 호랑이도 먹지 않는다는데, 나는 선생님 따위는 되고 싶지 않았다. 선생으로는 내가 꾸는 꿈이 그려지지 않았다. 하지만 이 도시의 어느 누구도 내게 장래 희망의 다채로운 카탈로그를 펼쳐 보여주지 않았다. 마를린 먼로처럼 치마를 펄렁거리며 백치 같은 미소를 던지는 화류계의 꽃이 되거나, 전자 기타를 쥐어뜯고 괴성을 지르며 활화산처럼 폭발하는 가수도 될 수 없다. 나는 이 도시에서 탈출하고 싶다.

슬라이드 기타

그가 기타를 퉁기고 있었다. 블라인드는 위로 말려 올라가 있었다. 칠월의 햇빛이 철사 줄을 의지 삼아

감아 올라간 둥근잎나팔꽃을 조명처럼 쏘고 있었다. 새벽부터 도시락을 챙겨준 엄마는 후식비까지 주머니에 찔러주며 나를 밖으로 쫓아냈다. 성경 가방을 둘러메고 전도에 나서기 위해 엄마는 분주했으리라.

수백 송이의 푸른 나팔꽃이 창에 가득했다. 갓난아기를 눕혀놓은 것처럼 기타를 무릎 위에 놓고 치던 그가 내가 들어가자 기타를 내려놓았다. 그의 눈이 새벽 햇살에 피어오르는 푸른 나팔꽃처럼 밝고 환했다. 새벽부터 마약을 한 걸까.

「어서 오렴. 아가야」

그는 늘 나를 아가라고 부른다.

「무슨 곡을 치고 있었니?」

「조율을 하고 있었어. 음을 칠 때마다 생기는 배음 때문에 아무리 좋은 조율기를 써도 별 소용이 없어. 바로 이 배음이 기타에 톤을 부여하지. 가장 훌륭한 조율기는 바로 이 귀야, 인간의 귀. 귀는 언제나 임의의 음들보다는 순수하고 완벽한 하모닉 음정들을 좋아해. 새벽이면 피어나는 나팔꽃처럼 햇살 속에서 내 귀도 환하게 열려」

그는 스무 살 때 무명 밴드의 베이스 기타 주자였다. 미국 전역을 돌며 연주하고 다녔지만 밥도 제대로 벌어먹지 못하는 가난한 연주자였다고 희미하게 웃으며 말하곤 했다.

「기타를 눕혀서 무릎 위에 얹는 방법으로 치는 기타리스트로는 화아이언이나 블루그래스가 있어. 블랙 에이스, 오스카 워즈, 부카 화이트가 이 자세로 치곤 하지. 요즘 주자들 중엔 데이빗 린드레이, 밥 브로즈맨이 있어」

그는 내가 알지 못하는 사람들을 나팔꽃 씨처럼 화르르 쏟아낸다. 그가 말이 많을 때는 마약을 한 때이다.

「슬라이드 바를 다시 만들어야 할까 봐. 유명한 기타리스트들은 나름대로 독특한 슬라이드 바를 가지고 있어. 듀어 올맨은 코리시딘이라는 약병을 애용해서 슬라이드 바를 만들었지. 지금은 제조가 중지되었는데, 미국의 어떤 메이커가 최근에 모방해서 슬라이드용 바로 판매하고 있어. 하지만 중요한 것은 얼마나 애정을 쏟아 만드느냐에 달렸어. 라이쿠더는 쉐리 술병을, 자니 윈터는 파이프를 잘라서 썼지. 블라인드 레몬 제퍼슨, 맨스 립스컴은 잭나이프를 슬라이드 바로 쓰고 있지」

잭나이프를 쥐고 기타를 뜯는 맹인 기타리스트 레몬 제퍼슨을 상상하면서 나는 물었다.

「너는 뭘로 슬라이드 바를 만들 거니?」

「저길 봐. 어제 마신 예쁜 위스키 병들이 보이지? 저걸로 만들 거야」

창 밑에 위스키 병이 세 개 놓여 있었다. 비틀거리면서 그는 위스키 병을 들고 방 한가운데로 걸어왔다.

「다이아몬드 톱이 있어야 하는데⋯⋯. 어쩔 수 없지. 미안하지만 병머리를 꼭 잡아줄래?」

나는 두 손으로 병머리를 부여잡았다. 그는 망치를 들고 위스키 병을 내리쳤다. 사금파리 같은 유리 파편이 내 이마 위로 튀었다.

「성공이야. 아주 훌륭해. 넌 역시 뭐든지 잘해. 우리는 서로에게 훌륭한 조력자야」

부숴진 병머리를 한 손으로 들고서 그는 물을 뿌려댔다. 벽에 기대어 입자가 가는 사포로 정성을 다해 그것을 문질러댔다. 위험한 장난감을 들고서 즐거워하는 사내아이 같은 미소를 입가에 흘리면서.

「내게는 딸이 하나 있어. 네 나이와 똑같아. 아내와 이혼한 뒤, 그 아이는 친가와 외가를 떠돌면서 컸어. 나는 그때 음악에 미쳐 싸구려 삼류 밴드 베이스 기타리스트로 전국을 유랑했지. 내 아내와는 스웨덴에서 스물두 살에 만났어. 그때 이미 그녀는 약혼자가 있었지. 그녀는 장래가 유망한 계리사였던 약혼자를 흔쾌히 버리고 내게로 왔어. 이유는 아무 부담 없이 마약을 할 수 있도록 내가 그녀를 자유롭고 편하게 놓아둔다는 것이었지. 시청에 가서 간단히 결혼 신고를 하고 우리는 법적인 부부가 되었어. 하지만 마약을 사줄 돈도 제대로 벌지 못하며 유랑을 하는 나를 그녀는 견디지 못했어. 공연을 끝내고 돌아오면 걸음마를 시작하는 딸을 앞에 두고 우리는 싸우기에 바빴지. 결국 그녀는 내 곁을 떠나 다른 남자와 결혼을 하고, 난 다시 대책 없이 떠돌았어. 딸아이는 열여섯 살에 이미 임신 중절을 세 번이나 했고, 헤로인 중독으로 만신창이가 되어 있었지. 어느 날 샌프란시스코에서 전화가 걸려왔어. 딸아이 이름을 대면서 보호자 되느냐고 묻더군. 약물 중독으로 보호 감호를 받고 있다면서 면회를 와 달라는 전화였지. 면회를 가서 만난 비쩍 마른 딸아이는 퀭한 눈으로 나를 망연히 쳐다보더군. 아무리 흔들어대고 소리를 질러도 딸은 나를 알아보지 못했어. 아빠인 나를……」

망치에 부숴진 병머리는 아직도 너무 날카로웠다. 제어가 잘 안 되는 그의 손놀림은 날카로운 모서리를 다스리기엔 너무 흔들리고 있었다.

「절망스러웠지. 둘러메고 갔던 기타를 쳐줄 수도 없었어. 이미 넋이 나간 헤로인 중독자 앞에서 피에로처럼 음악을 들려줄 순 없었어. 걷고 또 걸어서 해변가로 나갔어. 햇살은 미친 듯이 백사장에서 작열하고 있었어. 그리고 모래사장에 박힌 깨진 병머리를 들고 슬라이드 기타를 쳤지. 우습게도 저주받을 음악이 그 순간에 나를 진정시켜 주더군」

그가 울고 있다. 마흔다섯의 남자가 흰 구레나룻을 적시며 울고 있는 것이다. 남자의 눈물. 한번도 보지 못한 눈물이다. 이곳의 남자들은 울지 않는다. 더더구나 성인이 된 남자가 우는 것은 치욕이다. 부모가 죽어도, 사업에 실패해도 남자들은 울지 않는다. 아니, 이미 울지 못하는 것인지도 모른다.

파편이 깔려 있는 방을 가로질러, 울면서 병조각을 사포로 밀고 있는 그에게로 다가가, 나는 그의 머리를 가만히 품에 안았다.

그의 초상

그의 이름은 래리다. 나이는 마흔다섯, 일천구백오

십년생이다. 고향은 오리건 주의 링컨 시티에 위치해 있는 틸러묵이라는 소읍이다. 마리화나가 지천에 들꽃처럼 피어 있는 풍경을 보면서 유년 시절을 보낸 남자. 그는 한국을 떠나면서 산봉우리에 만년설이 덮여 있는 오리건 주의 후드 산을 아이스 클라이밍하겠다고 말했다. 흰 구레나룻에 성에가 하얗게 달려 있을 그를 상상해 본다. 그는 설인(雪人)이 되었을까. 그는 떠나기 전 보름 동안 손바느질로 카키색 배낭을 만들었다. 되도록이면 자급자족하는 것이 그의 생활 방식이었다. 그는 너무나 많이 소유하려는 욕망이 우리를 가난하게 한다고 믿었다.

「네가 늪을 빠져나가지 못하는 것은, 네가 늪을 사랑하고 있기 때문이야. 네 나라 사람들은 소유가 사랑이라고 믿는 관습이 있어. 넌 그 질긴 끈을 지겨워하면서도, 그 끈으로부터 떨어져 나오는 것을 두려워하지. 네 스스로 끈을 끊어내지 않으면 아무도 너를 늪으로부터 구출해 내지 못해」

그를 따라가지 못하고 나는 여전히 이 늪에 남아 악어 눈물을 흘리고 있다. 그가 사준 폴라로이드 사진기를 만지작거리면서.

그를 만난 곳은 학교 앞 영어 회화 학원이었다. 하와이에서 슈퍼마켓을 경영하는 사촌 언니로부터 여름 한 철 일손을 도와줄 겸 여행을 즐길 수 있는 기회도 제공해 주겠다는 편지를 받고 시작한 회화였다.

그는 그곳에서 회화를 가르치고 있었다. 작달막한 키에 도수 높은 안경알 너머로 상대의 내면을 관찰하는 눈빛이 강렬했다. 굵은 톤의 저음으로 차분히 강의하는 그에게서 느껴지는 묘한 안정감이 내게 호감을 주었다.

이 도시에 근거지를 둔 사십 중반의 나이테를 가진 사내들은 모두 적당한 권태와 적당한 편리, 적당한 무기력증을 적당히 무마하면서 살고 있었다. 그들은 재수없이 그들의 영역으로부터 밀려나지 않기를 바라며, 일생 동안 일상과 적당히 타협하면서 살기만을 꿈꾸었다. 그들의 위대한 꿈들은 모두 자녀에게 유전시켰다. 사실 자신들이 이뤄낸 자리를 유지하는 것도 만만치 않았다. 갑자기 불어닥친 불황으로 먹고 사는 것이 얼마나 어렵고 힘든 일인가를 그들은 회화 학원에 들어서는 순간부터 푸념해 댔다. 인사 고과에 영어 점수를 반영한다는 사규 때문에 영 죽을 맛이라고 투덜거렸다. 그들은 자신들의 세대가 샌드위치 세대라며 얼굴을 일그러뜨렸다.

자유 토론 시간이었다. 제복 같은 양복을 입은 중년의 사내들이 이국의 동년배인 그를 향해 물었다.

「네 가족을 어떻게 하고 너는 혼자 있느냐?」

「나는 이혼한 남자다. 이혼한 아내는 스웨덴에 있고, 아이는 결혼해서 허니문 여행중이라는 소식만 받았을 뿐, 아직 어디에 있는지는 모른다」

「너는 머나먼 한국, 그것도 이 외진 소도시에 왜 왔느냐?」

「한국은 유일한 분단국이다. 팽팽한 대치 상태, 준전쟁 상황인 나라다. 우습게 들리겠지만, 바로 그 이유 하나 때문에 이곳에 왔다」

지레짐작도 할 수 없는 답변 앞에 일순 강의실의 사람들이 아연한 표정을 재빠르게 교환했다. 강 속에서 찌를 당기는 물고기를 잡아채듯이, 그들 중의 한 사내가 작위적인 억양을 구사하면서 의문을 표시했다.

「우리나라가 분단국인 것과 네가 이곳에 오게 된 이유 사이의 상관관계가 잘 납득이 가지 않는다」

「전쟁이 터질 수 있는 확률이 높은 나라라고 생각했기 때문이다」

「지금 전쟁이라고 말했는가? 그, 그, 그렇다면, 그

대는 전쟁이 터지길 바란다는 뜻인가?」

 사내들의 얼굴에 터질 듯이 팽창한 호기심과 발설해서는 안 되는 금기의 한 자락을 밟고 섰다는 불안과 두려움이 어지럽게 얼크러지고 있었다. 그들은 전쟁통에 태어났거나, 전후의 폐허 속에서 불행을 지뢰처럼 밟지 않으려고 노심초사하면서 애늙은이가 되었던 사람들이었다.

 「전쟁은 내가 바란다고 터지는 게 아니다. 나는 그런 능력이 있는 사람도 아니다. 단지, 나는 지금까지의 내 생이 무의미하고 권태로웠다고 느꼈었다. 뜨거운 양철 냄비 같은 이 나라로 오면 권태의 국경을 넘을 수 있을 것이라는 단순한 생각만을 했을 뿐이다. 생각은 자유이지 않은가?」

 「우리는 너그러운 사람들이다. 네가 하는 말은 위험 수위를 넘어섰다. 네 말을 용납하지 않는 사람들이 대다수인 나라다. 지금 네가 한 말은 못 들은 걸로 하겠다. 생각의 자유는 네 나라에 가서 누려라」

 그들이 나누는 대화를 들으면서 나는 스멀거리며 올라오는 웃음을 참기가 힘들었다. 삶이 권태스러워서 전쟁 가능성이 농후한 나라를 일부러 찾아왔다는, 그의 몰라도 한참을 모르는 순수가 차라리 귀여웠다. 그도 늪에 빠진 것이다, 라고 나는 통쾌한 상상을 하며 동류 의식을 느꼈다.

둥근잎나팔꽃

둥근잎나팔꽃을 심으며 그는 나지막이 속삭였다.

「이 나팔꽃들이 피고 지면, 아주 귀엽고 사랑스러운 씨들이 맺혀. 그 수백 개의 씨들을 네게 줄게」

그의 얼굴에는 비밀 암호를 밝히는 초보 스파이 같은 어설픈 비장미가 서려 있었다.

나팔꽃 씨 따위가 뭐람. 나는 심드렁해졌다.

「숲으로 가지 않을래? 숲엔 네가 한번도 보지 못한 식물이 자라고 있어」

「이 도시에서 자라는 모든 식물은 다 알고 있어. 내가 보지 못한 식물은 없어. 이곳에는 먹지 못하는 독버섯들만이 울울창창할 뿐이야」

그에게 나는 턱없이 건방져진다. 그와의 나이 차이가 이십 년이나 되는데도 말이다. 존칭어가 필요없는 그의 나라 말은 편하다. 너나들이하는 이런 식의 대화가 나를 건방지게 하는지도 모른다. 아니, 그의 태도 때문이다. 그는 나이로, 경력으로, 경험으로 사람을 억압하지 않는다.

래리를 만나기 전에 나는 사랑이라는 이름으로 한 남자를 만났다. 오빠의 친구였던 그 남자는 산부인과 수련의였다. 하루 종일 햇볕 한 줌도 쐬지 않는 그의 낯빛은 흰 가운처럼 형광빛이었다. 경미하게 다리를 저는 소아마비였던 그는 내가 자기를 앞서 걷거나 뛰는 것을 무엇보다도 싫어했다. 나는 사랑이란 그가 원하지 않는 것을 하지 않는 것이라고 생각했다, 그때는. 하지만 나는 그가 원하는 것을 알 수가 없었다.

그는 지나치게 엄숙하고 조용했다. 그와 함께 있으면 적막 강산에 나앉아 있는 기분이었다. 적막 강산이어도 사랑이라는 두런거림이 내 안에서 일어나는 것이 즐겁고 신기했다.

다리를 벌리고 앉지 마라, 목소리를 높이지 마라, 담배를 피우지 마라. 그에게서 무엇을 하라는 소리를 들어보지 못하는 날들이 흘러갔다. 그가 만든 규율은 이 도시에서는 상식적인 것이었다. 그가 금지한 것만 하지 않으면 나는 홍해 바다처럼 번질하게 열린 탄탄한 미래로 직진할 수 있을지도 모른다. 그러나 나는, 그가 원하지 않는 것을 하지 않는 연인이 되기보다는, 그가 간절히 원하는 것을 위해서 모든 것을 바치는 연인이 되고 싶었다. 타오르는 불의 중심을 향해 맨발로 걸어가는 사랑을 하고 싶었다. 이마에 주홍 글씨를 새기더라도 치명적인 사랑을 하고 싶었다.

「이렇게 쉽게 내어주는 여자인 줄 몰랐어. 부끄러움 없이 가랑이를 벌리는 여자들, 정말 혐오스러워」

전치 태반인 어린 임산부의 출산 의료사고를 낸 날, 그는 마시지 못하는 술을 마시고 내게 몸을 요구했다.

나는 그가 원하는 것을 들어주고 싶었다. 그의 신경을 건드리고 싶지 않았고, 그가 가여웠다. 하부에 붉은 꽃밭을 밟아대는 통증이 느껴졌지만, 소리를 지를 수가 없었다. 통증이 느껴진다는 것은 내 나이의 처녀들은 이미 알 만한 상식이 아니던가. 무엇보다 나는 의사 앞에 가랑이를 벌리는 임산부가 아니었다.

임신 중절을 한 여자처럼 비틀거리며 나는 거리로 나갔다. 그도 나도 아무 말이 없었다. 살갗이 벗겨지도록 몸을 씻었을 그는 횡단보도 앞에서 고개를 꺾었다. 쇠뭉치 같은 트럭이 지나갔다. 이상한 연주를 틀어대며 녹색 신호등이 켜졌다.

횡단보도를 건너는 동안 나는 그를 돌아보지 않았다. 횡단보도를 건너자마자 나는 그를 향해 돌아섰다. 붉은 신호등 아래 그의 눈이 빨간 단추처럼 움직이지 않고 박혀 있었다. 나는 주머니를 뒤져 담배를 꺼냈다. 담배 한 개비를 물고 라이터 불을 켰다. 갑자기 불이 휘리릭 날았다. 얼어붙은 유리창이 박살나는 것 같은 통증이 빰에 느껴졌다. 코밑으로 뜨겁고 끈적한 액체가 흘러내렸다.

「이런 버르장머리 없는 년이 있나. 어디서 여자가 대로에서 담배를 피워!」

거리를 걸어가던 불콰한 얼굴의 늙은 사내가 잇사이로 삭히지 않은 내장 덩어리 같은 말들을 뱉어내며 내 뺨을 후려쳤다.

그가 있는 쪽으로 고개를 돌렸다. 여전히 그는 건너편 횡단보도에 가만히 서 있었다. 그 앞에서 처음이자 마지막으로 도시의 불빛을 향해 냅다 뛰기 시작했다.

식물도감

숲으로 가는 길에 올랐다. 새벽 산 이슬에 신발이 젖어들었다. 그가 살고 있는 방은 이 도시의 외곽 지역이었다. 신흥 주택 단지와 고층 아파트 단지가 조성되고 있어 봄이 아닌데도 덤프 트럭들이 실어나르는 모래 더미 때문에 황사 바람이 불곤 했다.

아직 덜 깎인 야산이 그의 방 후면에 덩그마니 놓여 있었다. 언제 헐릴지 모르는 산이었다. 산으로 들어가는 초입의 나무들은 둥치가 잘린 채, 벌건 흙덩이를 껴안고 뿌리가 허공을 향해 들려 있었다. 파르릉거리며 가지 위에 깃들였던 작은 새들은 어디에 둥지를 틀었을까. 키 작은 풀들과 꽃들만이 돌돌돌 수증기 같은 입김을 날리며 꽃잠에서 깨어나고 있었다.

내가 아직까지 한번도 보지 못한 식물은 무엇일까. 이 도시와 상관없이 매일 신세계를 열었을 이 숲이 있다는 것만으로도 나는 벌써 굳은 등뼈가 깨지는 것 같았다.

야산의 정상부까지 올라갔다가, 그는 올라왔던 길의 반대 방향을 향해 사선으로 내려가기 시작했다. 길이 나지 않은 산길을 그는 평지를 달리듯이 재게 몸을 움직여 덤불숲을 헤치며 내게 길을 내주었다. 풀이 비를 맞은 듯 푹 젖어 있었다. 돌이 있는 곳에는 이끼가 덮여 있었다. 나무 그늘이 짙었다.

졸졸졸……. 개울이 있던가. 돌에 채이면서 흐르는 물소리가 또렷이 들려왔다. 물소리가 나는 근원지를 향해 한 발짝씩 내밀었다. 한 평 정도 개간한 밭이 나왔다. 발목까지 자란 식물. 한번도 보지 못한 식물, 이라기보다는 어느 곳에서나 볼 수 있는 흔한 연초록 식물이었다. 그 밭으로부터 오십 보쯤 되는 거리에 실개울이 있었다.

「네게 보여주려고 한 식물이 이거야」

그는 이마에 흐르는 땀을 팔로 스윽 닦으며 말했다.

「이게 도대체 뭐지? 이 식물을 누가 심어놓은 거지? 혹시, 네가 심은 거 아니니?」

동화의 나라에나 나오는 팔색조처럼 꽃잎을 펼치는 식물을 상상했던 나는 적이 실망하지 않을 수 없었다.

「맞아. 내가 심었어. 이건, 이건 말이지. 흐음. 마리화나야. 이 대마로는 해시시를 만들 수도 있어」

「마리화나라고?」

「응. 내가 살던 고향은 마리화나로 유명한 곳이야.

아주 어릴 때부터 지천으로 피어 있는 마리화나를 보고 자랐어. 어른들은 마리화나를 말아서 피우곤 했지. 즐겁게 웃어대는 어른들을 보면서 아이들은 덩달아 기분이 하이 상태가 되곤 했지. 페루나 볼리비아, 콜롬비아의 안데스 산맥 동쪽 경사 지역에서 재배되는 코카 잎을 안데스 지역 인디언들은 석회와 혼합해서 껌처럼 씹었지. 잉카 제국의 최고 전성기 때는 승려나 계급이 높은 귀족들만 상용했어. 스페인 정복 이후에 노예가 된 인디언들은 허기와 피로를 잊기 위해 사용했지. 이십 세기 초기 미국에선 대부분 강장 음료에 코카인이 함유되어 있었는데, 이후 법으로 규제했지. 금기도 하나의 관습이야. 시대나 지역에 따라 다르지. 웃기는 건 마리화나가 금지 대상이 되지 않았을 때는 별 관심도 욕망도 생기지 않더니만, 법적으로 규제를 하니까 더 피우고 싶어지더군」

「나도 어릴 때, 외할머니 집 뒤란에 심은 양귀비 꽃 두 주를 본 적이 있어. 아편을 만드는 꽃이지. 아이들이 심한 배앓이를 하면 먹이려고 심었는데, 나중엔 일일이 신고해야 한다는 것 때문에 귀찮다고 심지 않으셨어. 그런데 왜 이 마리화나를 키우는 거니?」

「마리화나를 키우는 건 하나의 판타지야. 삶 자체는

너무 척박해. 진부하고 딱딱하기 이를 데 없어. 나를 옥죄고 있는 온갖 규제의 장치들 때문에 숨을 쉴 수가 없어. 일상의 피로와 허기를 견뎌낼 수 있는 방법은 판타지를 갖는 것이지」

그는 꿈길을 따라 걷는 자처럼 말했다.

「너를 그토록 끔찍하게 가두고 있는 건 뭐지?」

내가 태어나고 자란 도시의 늪에 이런 식물이 자라나고 있다는 것 하나만으로 나는 충분히 흥분되고 있었다. 그리고 그는 이 늪 밖에 서 있는 유일한 자유인이자 국외자가 아니던가. 나는 묘하게 아득해지고 있었다.

「……내 욕망이야. 내 존재의 텅 빈 바닥에 벗은 채로 태아처럼 웅크리고 있는 욕망……」

쏟아지기 시작하는 햇빛에 그의 구레나룻은 은빛 철사처럼 보였다. 턱을 치켜들고 막 날아갈 듯한 작은 새의 발톱을 움켜쥐듯 마리화나 줄기를 부여잡으며 그가 나를 쏘아보았다. 굉장히 상처받기 쉬운, 그러나 초월한 듯이 보이는, 도전적이지는 않지만 우울한 자기 확신의 시선이 내 눈을 응시하고 있었다.

「넌 이 도시에서 유일하게 환상을 갖고 있는 여자야. 네겐 꿈꾸는 자의 호화로움과 관능미가 있어. 동

양인 치고는 오똑하게 솟은 코의 실루엣과 각진 턱의
오만한 윤곽은 자아에 대한 강렬한 애착과 삶에 대한
공격성을 보여주지. 너를 묶고 있는 늪의 금기에 눈을
감아봐. 밖을 향한 시선이 없어지는 대신에 자신의 내
부로 몰입하는 시선이 생기지」

　「두 눈을 똑바로 뜨고 세상을 바라보고 싶어. 나는
아직도 보지 못하고 듣지 못한 것들이 너무 많아. 아
니…… 난, 난, 내 욕망이 정확히 뭔지를 모르겠
어……」

　「음정을 제대로 잡지 못한 기타리스트 같군. 초보들
은 지판을 눈으로 따라가면서 연습을 하지. 바를 정확
한 위치에 놓아주는 것은 중요한 일이지만, 지판을 잡
고 있으면 음을 듣는 것을 잊어버리지. 자신이 내는
음을 확실히 듣는 것이 무엇보다 중요해. 블라인드 윌
리 막텔이나 블라인드 윌리 존슨은 이름 그대로 맹인
이었지만 굉장한 플레이어였지. 그건 바로 오로지 음
에 의존해서 바를 조작했기 때문이야. 네가 바라는
꿈, 네 욕망이 뭔지를 정확히 듣는 것이 무엇보다 중
요해. 때론, 선택적 무관심이 필요할 때도 있지. 우리
모두는 각자 고유한 개체들이야. 누구도 네 삶을 대신
살아줄 수 없고, 네 꿈을 실현시켜 줄 수도 없어. 자

기 욕망이 뭔지를 아는 자들은 선택받은 자들이지. 대다수 인간들은 제 욕망이 정확히 뭔지 해독하지도 못하고 죽어가지. 천재들은 욕망에 정직한 사람들이자 교활하게 자기가 꾼 꿈에 판타지의 월계관을 씌워준 자들이야」

나는 그가 펼쳐 보여준 식물도감 속으로 들어갔다. 식물도감에는 법적으로 승인받지 못한 식물들이 살고 있었다. 실로사이베 멕시카나 버섯, 피이요티 선인장, 흰독말풀, 칸나비스 사티바, 코카, 양귀비꽃, 둥근잎나팔꽃……

오브제

그는 탁월한 기타리스트는 아닐지 모른다. 그러나 그는 훌륭한 기타리스트다. 그에 의해 내 욕망이 조율되고 있었다. 내 욕망의 바를 정확한 포지션으로 옮겨놓으면서 안정된 음정을 구사하고 싶었다. 이십오 년만에 나는 처음으로 평화를 맛보고 있었다. 그는 생일 선물로 내게 폴라로이드 사진기를 주었다.

「로버트 매이플도프라는 예술가가 있어. 동성애자

이자 사도마조히스트였던 그는 마흔둘의 나이에 에이
즈로 죽고 말았지. 그는 한 장의 네거티브로 무한정
프린트해 낼 수 있는 사진의 복사성을 배격하고 회화
의 크기와 겨룰 만큼 사진을 확대시킨 사람이야. 앤디
워홀, 루카스 사마라스, 데이비드 호크니 같은 칠십년
대 미국의 젊은 팝 아티스트들이 당시의 정체되고 심
미적인 무드를 타파하기 위해 이전의 미술 주제나 대
상들, 재료 등을 대체하는 표현 수단으로 폴라로이드
카메라를 사용했지. 매이플도프는 값싸고 인화가 아름
다운, 그리고 원하는 장면을 즉각적으로 얻을 수 있는
폴라로이드의 매혹적인 기능을 십분 활용했지. 이 사
진기를 통해 한 세계를 만나기를 진심으로 바란다. 네
눈에 비친 모든 오브제를 찍으렴」

　내 사진 작업의 오브제는 내 자신이었다. 나는 내
자신을 알아보기 위해 나를 찍기 시작했다.

　「자화상을 촬영함으로써 그 사람은 영웅, 모험가, 심
미주의자 등 무엇이든 될 수 있어. 자화상은 페르소나
를 만드는 작업이야」

　거울 앞에 서서 포즈를 취하는 나를 보면서 그는 흐
뭇한 미소를 지으며 말했다.

　나는 무수한 나, 내 자신도 알아채지 못했던 나를

발견하기 시작했다.

사랑. 사랑을 하는 자는 자기 내부에 잠복해 있는 다양한 자아들을 캐낼 수 있다는 것을 그를 통해 알았다. 폴라로이드 카메라를 통해, 그의 사랑을 통해, 서서히 늪을 빠져나가는 내 자신을 통해, 만화경 같은 일상이 시작되었다.

머나먼 나라의 이방인에게서 나는 혈육보다 더 끈끈한 유대를 느끼고 있었다. 때로 친숙하다고 믿었던 관계들은 출구 없는 미로처럼 얼마나 마음을 힘들게 하던가. 그의 품에 안기면서 나는 따뜻하고 평온한 은신처에 귀의하는 마음이 들곤 했다. 어떤 누구도 들어올 수 없는 단단한 프레임 속에 우리는 암수 한몸인 꽃처럼 서로를 포갠 하나의 오브제가 되었다.

암실

그가 기다리던 전쟁은 터지지 않았다. 종영을 모르는 연속극처럼 이 땅에서 전쟁이라는 클라이맥스는 오지 않을 것이다, 라고 나는 그에게 말해 주었다.

기다리던 전쟁 대신 그에게 다가온 것은 딸의 자살

소식과 양로원에서 숨을 거둔 아버지의 부음이었다.

「……사, 랑, 해……」

손수 바느질한 배낭에 짐을 꾸리면서, 그는 말했다. 눈빛이 퀭했다. 어두운 적막이 그를 덮고 있었다. 구레나룻은 거칠게 뺨 위로 솟아 있었다. 흰 머리카락들이 그의 야윈 어깨 위에 힘없이 떨어져 있었다. 나는 그의 머리카락들을 떼어냈다. 하얗게 세어버린 그의 머리카락들을 집어올릴 때마다 감당하기 힘든 슬픔이 느껴졌다. 배꼽 밑을 저미며 스쳐가는 이 쓰라림들은 무엇일까. 아마 그가 떠난 뒤에 흰 머리카락이 은성한 사내들을 보면 나는 무너지듯 주저앉을 것이다, 라는 생각만을 되작이고 있을 뿐이었다.

「……언제라도 이 늪을 빠져나가고 싶으면, 내게로 오렴, 이 기타는 네가 내게로 올 때 들고 오렴, 아가야……」

그는 떠나고, 나는 이 도시에 남았다. 그가 떠난 뒤, 나는 급성 괴사성 후두염을 앓았다. 목구멍이 무너지는 통증이 느껴졌다. 나는 아무 말도 할 수가 없었다.

전국에 가정과 교사의 티오가 없다는 당국의 발표

가 있었다. 이 년이 넘는 시간 동안 불철주야 책들을 파먹었던 과 친구들은 책을 쓰레기통에 버리고 모두 일제히 짐을 꾸려 철새처럼 캠퍼스를 떠났다.

사십 도의 고열로 온몸의 말초 신경들이 가닥가닥 전압기에 데인 것처럼 화끈거렸다. 모직 머플러를 목에 감고 두꺼운 오버코트를 입고 거리로 나갔다. 도시의 사람들이 힐끗거리며 뒤돌아보았다. 열 탓인지 세상이 가벼워져 뒤집힐 듯 다가왔다. 발이 허공을 둥둥 떠다니고 있는 기분이었다. 외곽으로 향하는 버스에 올랐다. 그의 방이 있는 곳에는 여전히 황사 바람이 불었다. 아파트는 여전히 건축중이었고, 야산은 거의 깎여 있었다.

숲으로 향하는 길이 보이지 않았다. 간신히 길을 더듬어 옆에 개울이 흐르는 밭에 이르렀다. 개울은 누런 황토물 범벅이었다. 밭의 식물들은 채 자라지 못하고 시들어 마른 쭉정이만 남았다. 해시시, 해시시…… 바람 소리가 숲을 흔들어대며 소리를 냈다. 자꾸 무릎이 꺾였다.

그의 방에 이르렀을 때는 목구멍에 장미 가시가 가득 돋혀 있는 것 같은 통증이 왔다. 수백 송이의 둥근 잎을 피우던 나팔꽃들은 누렇게 죽어 있었다. 지주목에 간신히 걸쳐 있던 줄기에 꽃받침이 매달려 있었다. 꽃받침 안에 열매가 동그랗게 달려 있었다. 열매를 따서 손바닥에 올려놓았다. 새까만 씨들이 차르르 쏟아져 내렸다. 씨들을 입안 가득 털어넣었다. 열로 뜨거운 반죽 덩어리 같은 입안에서 나팔꽃 씨들이 겉돌았다. 한껏 침을 모두어 우물거리며 씹기 시작했다.

씨를 씹으면서 나는 기타를 안고 방에 누웠다. 블라인드가 쳐진 방이 차광실(遮光室)처럼 어두워지기 시작했다. 완전히 차광이 되면 나는 인화지 안에 들어가 한 장의 푸른 나팔꽃으로 양화될 것이다. 나팔꽃 씨가 툭툭 터져나가고 있었다. 기분이 차분해지면서 졸음이 오기 시작했다.

음력 십삼월

공양주 보살

「삼밭의 쑥이 곧게 자란다더니, 고추 씨알만한 녀
석이 벌써부터 뜨내기질이니, 누가 뜨내기 아비 둔 아
들 아니랄까 봐……」

공양주 보살은 방금 떠난 버스의 흐린 후미를 쳐다
보며 중얼거렸다. 밤 아홉시가 넘어가고 있었다. 학교
앞 피시방 좁은 의자에 쌀강아지처럼 끼여, 끼니도 거
른 채 자판을 두들겨대고 있을 녀석을 생각하니 한숨
부터 나왔다. 다음 버스는 한 시간 뒤에나 올 것이다.

120

그녀는 쑥 시루떡을 안쳐놓고 왔던 것을 기억해 내고 발걸음을 재촉했다. 삼월이라지만 음력으로 치면 이월인지라 저녁이면 살갗에 닿는 산바람이 얇은 유릿날처럼 맵고 날카로웠다. 시장에서 사온 얇은 봄 점퍼를 아침에 호에게 입혀 보낸 것이 마음에 걸렸다. 안에 내의라도 껴 입혀 보낼걸 그랬지 싶다.

아직 완성되지 못한 일주문(一柱門)이 늑골만 드러낸 채 희붐한 달빛 아래 앙상하게 서 있다. 불국 정토로 들어가는 첫번째 관문이라는 일주문. 사월 초파일에 맞춰 공사를 진행하고 있는 터라 목재며 기와들이 밤이슬에 젖지 않도록 비닐로 덮인 채 야적되어 있었다.

공양주 보살이 일주문을 지나치려 할 때, 털뭉치가 일어섰다. 청삽살개였다. 검푸른 빛깔을 가진 털뭉치는 달빛에 더욱 푸르스름해 보였다. 그녀는 눈 귀 할 것 없이 온몸이 긴 털로 뒤덮인 청삽살개의 모습이 마치 뭉쳐놓은 털뭉치 같아 그놈을 만나자마자 〈뭉치〉라는 이름을 붙여줬다. 큰스님은 그놈을 〈선방(仙尨)〉이라고 불렀다. 눈이 털에 가려서 겉으로는 멍청해 보여도 눈빛 하나로 저승사자도 물러가게 하는 놈이라며 기특해하시곤 했다. 호(鎬)란 녀석은 뭉치를 〈저그〉라고 불렀다. 저그가 무슨 뜻이냐고 공양주 보살이 물어

보았다. 호는 스타크의 종족 이름이라고만 알려주고 한껏 폼을 쟀다. 뭉치하고 같이 절집에서 살고 있는 잡종 요크셔테리어 〈까불이〉를 〈프로토스〉라고 부르는 호가 공양주 보살은 마뜩지 않았다. 일주문 공사를 하는 인부들을 보면서 호는 〈에스시브이〉라고 부르며 제가 무슨 왕이나 되는 것처럼 어깨를 한껏 치켜세우고 다녔다.

장마가 시작될 무렵이었다. 정작 비는 내리지 않고 시루 밑에 깔아놓은 물 먹은 한지처럼 습하기만 하던 날 오후, 절 건너편 하늘에서 번개가 쳤다. 방안에 처박혀 있던 호가 갑자기 튀어나와 「사이오닉 스톰이다, 사이오닉 스톰이야」 하면서 앞마당을 뛰어다녔다. 호의 갑작스런 행동에 공양주 보살과 스님들은 어리둥절해했고, 제철 만난 뭉치와 까불이는 자줏빛 긴 혀를 내밀고 호를 따라다니며 껑충거렸다. 신이 난 호가 제 뒤를 따르는 녀석들에게 「어택! 어택!」 하면서 백만 대군을 진두지휘하는 사령관 흉내를 냈다. 호가 혼잣말처럼 중얼거리는 단어들이 그녀는 당최 낯설었다.

선방이든 저그든 뭉치든 제 이름이 어떻게 불리든지 상관없는 태평스런 청삽살개가 보살을 보며 기척을 내더니 꼬리를 흔들며 따라왔다. 놈은 보살을 따라가면서도 텁수룩한 얼굴을 연신 절 어귀로 돌리면서 호의 자취를 찾았다.

그녀는 그런 놈을 보면서 〈개가 사람보다 낫다〉고 생각했다. 그러고는 새댁 적에 살았던 종택(宗宅)을 떠올렸다. 그녀의 시집에서도 황삽살개를 키웠다. 그 개는 시집의 액막이용이었다. 삽살개가 꺾기에는 시집의 땅 기운이 지나치게 셌던 것일까. 시조부 때부터 급격하게 기울던 가세는 허랑한 종가의 위엄으로는 버텨낼 수 없었다.

처마가 높은 단단한 나무집. 사당의 감실에 모신 귀신들과 혼숙하고 있다는 귀기스런 느낌을 지울 수 없던 집. 고조모부, 증조모부, 조부모, 시부 일곱 분의 기제사 외에 정월 초하루, 한식, 단오, 추석 같은 차례와 시제 때문에 삼사백 년의 낡은 세월이 고여 있는 것 같던 집. 그녀가 만 삼 년을 머물던 종택은 오래된 영화의 장면처럼 기억 속에서 흐려져 가고 있지만, 신접 살림을 하고 아이를 낳았던 그 방을 생각하면 속이 꼭 얹히곤 했다. 그럴 때는 빈속일 때도 명주실로 엄지를 묶고 바늘로 손끝을 땄다. 아이를 어처구니없이 잃어버린 한, 그 어떤 이유로도 용서받을 수 없다는 자책감은 옅어지지 않았다.

남편을 떠나 큰스님과의 인연으로 자신을 알아보는 이 없는 한적한 절집으로 오게 되었다. 공양주 보살은 관계의 소요가 일체 사라진 적막함이 쓸쓸하기보다 달콤했다. 슬픔도 넘쳤고, 고통도 넘쳤던 관계가 낳았던 과잉된 감정들을 버리고 나니 편했다. 남은 생을 자린고비처럼 아끼고 싶었다. 이승의 애끓는 인연들은 정말이지 더 이상 맺고 싶지 않았다. 인연은 전생의 악업이 낳은 결과라고 했던가.

재작년 가을이었다. 큰 스님이 호의 손을 끌어다 그녀의 손바닥에 얹어주며 당부하셨다.

「아들로 삼고 잘 보살펴 주시게나」

엉겹결에 건네받은 호의 손이 그녀의 손바닥 위에서 단단하게 뭉쳐 있었다. 그녀는 아이의 저항을 어떻게 받아들여야 할지 몰라 잠시 주춤했다. 알감자처럼 단단한 아이의 손등이 꺼칠하게 터 있었다. 한번도 쥐어본 적 없는 작은 사내 아이의 손이었다. 묻어두었던 아픔이 그녀를 혼란스럽게 했다. 그녀는 다른 손바닥으로 고집스럽게 주먹쥔 아이의 손을 덮었다. 두 손바닥 사이에서 아이의 주먹이 꿈틀, 움직였다.

「밥은 먹었니?」

그녀의 물음에 아이는 의외로 선선히 고개를 저었다. 뭉친 주먹의 고집스러움과는 달리 쌍꺼풀이 없는 큰 눈이 맑고 시원했다. 갸름한 얼굴에 날렵한 콧날, 얇고 가는 분홍빛 입술. 흰 얼굴을 덮은 솜털이 햇살에 솜대처럼 곱게 일어서고 있었다. 귀엽고 사랑스러운 얼굴이었다. 같이 온 제 아버지를 쏘옥 빼닮은 호남형이었다.

「수파련(水波蓮)에 밀동자 같은 게, 지 아비 어릴 때하고 똑같구먼!」

큰스님이 아이 건너 음울한 표정을 짓고 있는 사내를 쳐다보며 말씀하셨다. 지 아비 어릴 때하고 똑같다니, 그가 큰스님이 가끔 궁금해하시던 계현이란 사내란 말인가. 어릴 적 당숙모 되는 이가 이곳 절집에 맡겼다는 사람. 만주로 떠난 남편이 삼 년이 지나도 돌아오지 않자 엄마가 개가하면서 버렸다는 아이.

보살은 업에 치인 박덕한 그 남자를 바라보았다. 사내는 굳게 다문 입을 끝내 열지 않았다. 대신 사내는 절집 마당 앞에 펼쳐진 산등성이를 향해 고개를 돌려 버렸다. 그녀는 사내의 시선을 좇았다. 산 위쪽에서부터 아래쪽으로 단풍이 맵게 들어 있는 것이 보였다.

스타크래프트

「큰일났다」

호는 피시방 카운터 위의 프로토스와 저그와 테란이 가운데 그려진 시계를 쳐다보았다. 학교가 파한 지 일곱 시간이나 지나버린 것이다. 게임에 정신을 파느라 시간 가는 줄도 몰랐다.

열일곱 살 먹은 형과 붙었다. 호는 확장을 빨리 할 수 있고, 공격 스타일도 거친 저그가 좋았다. 머리 아프게 작전을 짜면서 전투를 하는 것보다 그때그때 상황을 보면서 전력을 쏟아부으며 게임 때마다 즉석에서 맞춰나가는 게 마음에 들었다. 다른 종족과 달리 기계나 도구의 힘을 빌리지 않고 생명체 자체가 전투 도구인 것도 호를 저그 족에 반하게 만들었다. 초반에 해처리를 건설한 다음 저글링을 생산하고, 또 한 개의 해처리를 건설하면서 정찰을 내보내 상대를 파악해서 깨부숴 버리겠다는 계획이 맘대로 잘 되지 않았다.

저그, 테란, 프로토스 세 종족을 모두 다 잘 다룰 줄 아는 형 같았다. 랜덤으로 들어와 드라군과 리버 전술을 능숙하게 사용했다. 그 형은 셔틀 수송선에 리버를 태운 다음 저그 진지 깊숙이 날아와 드롭시켜 유닛들을 없애려고 해댔다. 다른 종족에 비해 유닛 각각은 약하지만 떼로 몰려가 퍼붓는 저글링 러시를 호는 시도해 보았다. 하지만 힘에 부쳤다. 상대 형이 잽싸게 게이트 웨이를 만들고 질럿을 생산해 내보내고 프로브도 보내 일을 시켜댔다. 고등학교 일학년 형인데, 학교도 안 가고 스타크에 미쳐 사는 것 같았다. 매번 느끼는 거지만 울트라 캡숑 고수들이 넘 많다. 고수를 만나면 한 수 배울 수 있어서 좋기는 하지만, 지는 것은 매번 호를 죽고 싶게 만들었다.

〈학교 같은 거 안 다니고, 절에 컴도 있으면…….〉
호는 다른 것은 하지 말고 스타크만 하라고 하면 소원이 없을 것 같았다. 프로 게이머가 꿈인데, 학교 공부는 해서 뭐하나 싶었다. 쌈장 형처럼 텔레비전에서 폼 잡고 나올 수도 있고, 돈도 벌 수 있으려면 하루 종일 컴퓨터 앞에 붙어 있어도 어려울 텐데 말이다. 스타크의 세계 고수는 못 되더라도 우리 나라 고수가 되면, 절집에서 다니는 까까중이라고 호를 놀려대는 반 녀석들을 납작하게 눌러줄 수 있을 텐데.

학교 급식을 먹은 후로 피시방에서 호가 먹은 거라고는 컵라면 하나뿐이다. 그것도 상대 형이 너무 세게 공격을 해와서 컵라면 하나를 제대로 비우지도 못했다. 배가 너무 고팠다. 몇 시간 동안 거의 쉬지 않고 정신없이 두들겨대느라 오른손이 후들후들 떨렸다. 사천왕 같은 총무 스님 얼굴이 떠올랐다. 한번만 더 연락도 없이 밤 늦게 절집에 들어오면 가만두지 않겠다고 으름장을 놓으신 게 이 주일 전이었다. 총무 스님은 언제나 삼세번이라는 말을 즐겨 썼다. 이번이 세번째다. 약속을 지키지 않으면 총무 스님은 호가 절집에서 가장 무서워하는 명부전에 가둬버릴지도 모른다. 차라리 들어가지 말아버릴까. 피시방에서 밤새 게임이나 할까. 그러려면 게임비가 필요한데, 호는 돈이 없었다. 며칠 전에 스타크의 종족별 유닛의 특성 수치가 기록된 일람표와 유닛과 건물의 성장 계보도가 자세하게 그려진 책을 사느라 갖고 있던 돈을 다 털어버렸다. 「에이, 띠바」 피시방에서 형들이 게임이 안 풀릴 때마다 뱉곤 하던 욕이 튀어나왔다. 욕까지 배우고 다닌다는 것을 알면 총무 스님은 삼세번이 아니라 단 한번 만에 혼을 낼 것이다. 호는 총무 스님의 얼굴을 잊으려 고개를 세차게 흔들었다.

결국 호는 내키지 않는 마음으로 피시방을 나왔다. 절집으로 가는 버스를 기다렸다. 봄이라고 보살이 입혀준 얇은 점퍼 속으로 들어온 바람이 차가웠다. 호는 호주머니에 손을 넣었다. 포켓몬을 넣은 구슬이 손에 잡혔다. 반 녀석들은 포켓몬을 모으느라 다들 정신이 없었다. 포켓몬을 많이 모을수록 짱이 된다.

호는 아침에 새벽 예불을 마치고 시내로 내려가는 어떤 할머니와 함께 버스를 탔다. 주머니에 분명히 공양주 보살이 준 차비가 있었지만, 자기를 아는 체하는 그 할머니 앞에서 버스비가 없어서 쩔쩔매는 척했다. 절에 드나드는 보살들은 대부분 마음씨가 좋았다. 최대한 불쌍한 척, 힘없는 척하면 거의 모든 보살들이 쯧쯧 하며 돈을 쥐어주곤 했다.

이번에도 호의 기대는 빗나가지 않았다. 그 보살은 호의 버스비를 대신 내주는 것은 물론 호의 손을 따뜻하게 잡고 만원짜리 한 장을 쥐어주기까지 했다. 학교에 도착하자마자 아침에 얻은 돈을 쥐고 정문 앞으로 달려가 포켓몬을 샀다.

버스가 왔다. 호는 맨 뒷자리를 찾아 앉았다. 버스가 출발하자마자, 호는 포켓몬 종류를 외우기 시작했다. 〈이상해풀, 이상해꽃, 파파리, 리자드, 리자몽, 꼬부기, 어니부기, 거북왕, 캐터피, 단데기, 버터플, 뿔충이, 딱충이, 독침붕, 구구, 피죤, 피죤투, 꼬렛, 레트라, 깨비참, 깨비드릴조, 아보, 아보크, 피카츄, 라

이츄, 모래두지, 고지, 니드란, 니드리나, 니드
퀸……〉151개의 포켓몬 이름을 줄줄 외우는 시합을
반 녀석들은 시도 때도 없이 해댔다. 숨쉴 틈 없는 이
어나가기 게임은 언제나 손에 땀을 쥐게 했다. 구구단
을 못 외는 녀석은 바보 취급을 안 당해도 포켓몬 이
름을 제대로 못 외는 놈은 멍청이로 따돌림당하기 일
쑤였다. 호는 포켓몬 이름을 외우는 데는 반에서 둘째
가라면 서러울 정도로 잘했다. 학교를 오가는 버스에
서 종이에 베낀 포켓몬의 이름을 열심히 외운 덕이었
다. 〈니드란, 니드리노, 니드킹, 삐삐, 픽시, 식스테
일, 나인테일, 푸린, 푸크린, 쥬뱃, 골뱃, 뚜벅초,
냄새꼬, 라플레시아, 파라스, 파라섹트, 콘팡, 도나
리, 디그다, 닥트리오, 고라파덕……〉 고라파덕. 호
는 고라파덕에서 꼭 한번 숨을 멈추곤 했다. 고라파덕
은 공양주 보살을 생각나게 했다.

　호가 아빠 손에 이끌려 절집에 처음 찾아 들었을
때, 공양주 보살은 웃는 건지 우는 건지 애매한 얼굴
로 호 부자를 맞아주었다. 호는 공양주 보살이 벙어리
인 줄 알았다. 아무런 표정 없는 보살이 호에게는 늘
골이 아픈 고라파덕 같아 보였다.

　「보살님을 엄마로 생각하고 말씀 잘 듣도록 하여라」

큰 스님이 호에게 내린 당부의 말씀이었다. 엄마라
니. 진짜 엄마가 없는 것도 아닌데. 호는 큰스님의 당
부가 싫었다.

헛제사

쑥 시루떡이 익어가는지 쌉싸름한 쑥내와 단 팥내
가 코에 푹 고여왔다. 김이 새지 않도록 시룻번을 붙
인 밀가루가 딱딱하게 익었다. 보살은 대꼬치를 찔러
흰 가루가 묻어나오는지 확인해 보았다. 이만하면 됐
지 싶은 감각은 음식을 만든 세월만큼 정확해져 가는
데, 사람살이에 대한 통찰은 세월과는 별개인 게 신기
했다. 팔십 넘은 보살이 환갑 넘은 보살더러 한창이니
얼마나 좋겠느냐며, 칠십이 넘으니까 철이 조금 들어
간다고 말해서 요사채 마루에서 점심 공양을 먹던 사
람들이 웃었던 일이 생각났다.

보살은 제상을 차리기 시작했다. 조율이시. 대추
밤, 배, 곶감 순으로 앞줄에 과일을 담은 제기를 올려
놓았다. 좌포우혜, 어동육서, 건좌습우, 우반좌갱. 종
가에 살면서 그녀가 숱하게 익혀온 기제사의 진설 순

서였다. 귀신들의 잔치에 산 사람이 시종이 되어 쩔쩔
매던 날들이었다. 하지만 오늘밤, 육식은 모두 빼고
약식으로 제상을 차렸다.

진설이 끝난 뒤 그녀는 남편의 사진을 신위함에 붙
였다. 분향만 하고 그녀는 벽에 기대앉아 사진 속 남
편의 얼굴을 물끄러미 바라보았다. 삼십대의 남자, 한
때 자신의 모든 것이었던 남자가 우울한 낯빛으로 그
녀를 쳐다보고 있었다. 삼십 중반을 갓 넘었을 뿐인데
도, 사진 속의 남편은 머리카락이 거의 반백이었다.

종가 장손이었던 사내가 어르신들이 점지하신 아가
씨 대신 선택한 처자가 그녀였다. 그녀를 앞에 두고
홀시어머니는 가타부타 말이 없었다. 나이에 비해 지
나치게 늙어버린 시어머니는 마른 육포처럼 검고 무뚝
뚝했다. 대소사를 평생 감당한 종가의 아낙다운 과묵
함과 서릿발 같은 견고함이 몸에 밴 시어머니가 그녀
는 어렵기만 했다.

서울 토박이에 전문대학까지 나온 그녀가 감당하기
힘든 종가 대소사에 쓰러져 잠이 들라치면, 시어머니
는 제상의 신위에서 빠져나온 먼 조상의 아득한 얼굴
로 며느리의 얼굴을 내려다보곤 했다. 그토록 어려운
시어머니가 내려다보고 있는데도, 아홉 길 우물 바닥

에 가라앉은 맷돌처럼 고된 잠은 뼈까지 누르는 것처럼 무겁고도 무거웠다. 아이를 밴 임부가 마땅히 누릴 달콤하고 느긋한 잠이었지만, 시도 때도 없이 찾아오는 혼몽이 그녀는 민망하기 짝이 없었다. 고가(古家)이기 때문에 늘 어둑신하고 우중충한 거라고만 쉽게 생각하며 그녀는 시집의 적막하고 서늘한 기운을 애써 부정하려 했다. 신위 속의 고조부, 증조부, 조부, 시부가 유난히 젊다는 것에 대해서도 의심하지 않았다. 시댁의 자손이 남편 혼자라는 것도 손이 귀한 집안이기 때문일 터라고만 여겼고, 대를 이어야 한다는 의무감만 버겁게 느꼈을 뿐이었다.

산실(産室)을 데우고 있는 연탄 난로 위에 놓인 큰 양은 대야에서 수증기가 올라오고 있었지만, 방안의 공기는 지나치게 차가웠다. 방바닥은 데일 듯이 뜨겁고, 천장에 매달아 놓은 옥양목 천을 놓아버린 손목은 얼음을 만진 것처럼 시렸다. 조선 시대도 아니었건만, 근동에 사는 어수룩해 뵈는 산파가 아이를 받았다. 시어머니는 흠 없는 긴 미역과 정갈한 흰 쌀에 정화수를 떠놓고 실한 떡두꺼비 같은 아들이 나오길 오매불망 기도하고 계실 터, 산실에는 기척도 하지 않으셨다.

지독한 현기증이 이는 난산 끝에 낳은 아이는, 다

행히도, 아들이었다. 그녀는 참을성 많은 늙은 나무처럼, 시대를 거스르는 시댁의 풍습을 광신적인 신념을 가지고 미욱스럽게 견뎌내고 있었다. 태를 싸들고 나가는 산파가 열어젖힌 장지문 밖으로 겨울비가 거셌다. 먹물을 풀어버린 것처럼 사방천지가 흐리고 어두웠다. 문이 닫히면서 들어온 차가운 바람에 턱밑이 섬뜩하고 오스스 한기가 온몸을 훑고 지나갔다. 천에 싸인 아이의 낯빛이 파랬다. 아이도 추워서 그러나 싶어 그녀는 힘 없는 손으로 아이를 품으로 끌어당겨 보았다. 낯빛과는 달리 품에 안긴 아이는 따뜻했다. 아이의 이마를 덮고 있는 머리카락들이 풍성했다. 그녀는 아이의 볼, 어깨, 가슴, 배를 천천히 만져보았다. 기저귀를 살며시 들추어 아이의 작은 고추를 쓸어보았다. 아, 아들이야!

산파가 아이를 받자마자 흡사 자신이 낳은 것처럼 의기양양하게 「고추구먼, 고추」라고 말했을 때도 실감하지 못했던 충만감이 자신을 감싸는 것을 느꼈다. 자신의 삶에 우뚝 대들보와 상량이 세워지는 것 같았다. 대문에 걸어놓았던 금줄이 걷히기 전에 아이는 죽었다. 연탄가스 중독이었다.

아이가 유명을 달리한 후, 시어머니는 정신을 놓아

버렸고, 남편은 공포와 증오가 범벅이 된 채로 반 미치광이가 되었다. 그녀는 절망과 상처로 자지러질 것 같은 자신을 벼랑으로 몰고 가는 남편과 시어머니를 이해할 수 없었다. 살면서 운 나쁘면 맞닥뜨릴 수 있는 흉운일 뿐이지 않은가. 솔직히 아이는 다시 낳을 수 있는 것 아닌가 말이다. 그녀는 그들의 과잉반응이 남편이 그토록 숨기려 했던 비밀, 남자는 요절하고야 마는 가계사의 공포 때문이었다는 것을 알지 못했다.

자신에게서 도망치는 남편을 찾아헤매고 붙잡느라 자신이 평생 쓰고도 모자랄 힘을 다 낭비해 버렸다는 피곤감에 그녀는 한동안 운신조차 어려웠다. 남편이 그녀에게 바라는 것은 대를 이을 자식이나 낳아주고, 솟을대문처럼 허랑한 위풍이나 지켜주는 조강지처 역할 뿐이었을까.

아이가 죽은 후 남편과 그녀의 관계는 긁을수록 덧나는 소양증 같은 것이었다. 남편은 밖으로 돌며 다른 여자를 탐하면서도, 너만 사랑해, 하며 안타깝고도 절박한 고백을 했다. 화상을 입힐 듯 뜨겁게 파고드는 남편을 받아들이면서도 그녀는 겨울날의 언 강처럼 차가워졌다. 그녀를 거칠게 헤집다가, 남편은 그녀의 음부에 써렛발이 박혀서 자신을 아프게 한다고, 그래서 아이가 죽은 거라며, 진저리를 치며 물러났다. 멀리 떨어져 있으면 그리운데, 못 견디게 그리워서 찾아와 그녀를 보면 참을 수 없이 화가 돋는다고 했다. 잘해 주고 싶은 만큼 죽이고 싶은 역증이 일어, 그게 견딜 수 없어서 그녀에게 잔혹하게 군다고 했다.

왜 그토록 서로를 파괴하는 가미가제식 사랑을 했던 것일까. 상대의 영토를 초토화시키려고 진군하는 잔인한 적군파 같은 사랑. 서로에게 상처 주는 것이 사랑이라고 부득부득 우겼던 나이였다. 똑같은 욕설과 되풀이되는 저주와 악담만이 오가던 날들. 차라리 그가 죽어버렸으면 좋겠다는 살의가 그녀를 잔인하게 찔러댔다. 상대가 죽기를 바라는 것은 관계의 모독이었고 끝이었다.

그녀는 남편에게 떠나라고 사정했고, 남편은 조강지처를 버리면 삼대가 멸하기 때문에 그녀를 떠날 수 없다고 했다. 서로에게서 끝을 보았으면서도, 관계의 실패를 받아들이지 않는 세월은 하루도 견디기 끔찍했다. 자신의 몸 갈피 어느 곳에도 남편을 위해 남겨진 미련이나 그리움 따위는 한 터럭도 남아 있지 않았다.

그녀가 절집으로 떠나온 지 이태 만에 남편이 찾아왔다. 남편은 얼마 남지 않은 전답과 종택까지 판 자금으로 사업을 시작했노라고 그녀 앞에서 애써 호기를 부렸다. 사업이 본 궤도에 오르면 다시 시작하자며 집요한 욕심을 부리는 남편이 허릅숭이로 보였다. 나중에 그를 떠나보낸 것이 사무치는 후회로 남아 그의 뼈를 베개 삼아 눕는 한이 있어도, 그때는 그가 그녀를 털끝 하나도 스치지 않고 비켜가기를 바랐다. 그 소원이 이루어진 것일까. 다시 오겠다는 남편이 오 년이 지나도록 그녀 앞에 나타나지 않았다.

부부연이라는 것이 묘했다. 절집 스님들 공양을 위해 더덕 양념구이를 하면 유난히 더덕을 좋아했던 남편의 식성이 떠오르고, 오뉴월 염간에 큰스님이 입으실 모시옷에 풀을 먹일 때면 옷매무새가 좋았던 남편에게 입히고 싶은 마음이 어느새 생겨났다. 봄이면 민들레 겉절이로 입맛을 돋구고, 가을이면 안방 문살 사이의 색비름을 넣은 창호지 너머로 풍성한 가을 햇살을 들이며 남편과 함께 살고 싶었다.

거리가 그리움을 만드는 것일까. 절집을 찾는 남편 나이 또래의 다른 사내들에게 자주 눈길이 갔다. 휴일이면 부인과 함께 절집을 찾는 중년 남자를 보면 마음의 갈피를 잡을 수가 없었다. 여러 방면으로 남편의 행방을 수소문해 보았다. 어떤 소식도 들을 수 없었다.

행방불명……. 남편은 행불자가 되어버린 것일까. 명부전에 모셔진 행불자의 가족들은 절에 영혼의 거처를 마련해 주었지만, 눈으로 확인하지 않는 한 죽었다는 것을 끝까지 인정하지 않았다. 하룻밤 만에 예고도 없이 고향이 수장되어 버린 황망한 수몰민 같았던 그들.

어느 날, 자꾸 허청거리는 보살을 큰스님이 부르셨다.

「유마경에 탐욕을 끊지 않되 탐욕에 걸리지 않고, 애착심을 끊지 않되 애착심에 걸리지 않는다는 말씀이 있네. 이왕 속세의 인연을 끊고 예까지 왔으니, 여기가 길 끝이다 생각하고 지내시게. 얼마 전 자네 부군을 꿈에서 뵈었네. 이승의 인연이 다했으니…… 그냥 잊으시게…… 부군이 어떤 모습으로 떠났는지는 묻지 마시게」

남편이 죽었다. 큰스님이 자신의 현몽으로 알린 명백한 남편의 부고. 그녀는 그건 한낱 꿈일 뿐이라고, 저승길이 가까운 노인네가 꾼 노망 든 흉몽일 뿐이라고 부정할 수가 없었다. 큰스님의 예지력에 대한 믿음 때문이 아니라, 감감 무소식인 남편을 떠올리면 그녀에게 나타나곤 하던 의식의 감응 때문이었다. 그즈음 남편의 혼이 그녀의 의식에 빙의(憑依)된 것 같은 강력한 느낌이 들곤 했다. 남편이 가장 두려워하던 곳으로 떠나버렸다는 그녀는 알 수 있었다.

러시아 인형

아빠가 출장을 갈 때면 엄마는 호의 손을 끌고 하우스로 향하곤 했다. 어린 호에게 장난감 자동차를 한아름 안겨주고 엄마는 하우스 짓는 데 몰두했다. 티코, 마티즈, 카니발, 누비라, 소나타, 그랜저, 코란도, 갤로퍼, 엑셀. 호는 차가 좋았고, 하우스 짓는 데 정신 팔던 엄마가 시켜주는 맛있는 자장면이 좋았다.

그날은 낮에 자장면을 먹었는데도 엄마는 저녁에 또 자장면을 시켜주었다. 호는 자장면을 밀쳐두고 장난감 자동차를 주차시키는 놀이를 하고 있었다. 자동차를 다 주차시키고 난 호는 베란다로 나갔다. 아파트 광장에 헤드라이트 불빛이 빛났다. 엑셀이었다. 호는 헤드라이트 불빛만 보고도 차의 종류를 알아맞출 수 있었다. 그런 호를 보며 아빠는 대견해했었다.

「아빠 차다. 아빠 차, 아빠 차, 아빠 차」

호가 베란다 밖으로 아빠 차가 주차되는 것을 지켜

보았다. 차에서 내린 아빠가 성큼성큼 아파트 입구로
걸어 들어오는 것을 호는 보았다.

「노름에 미치면 씨오쟁이도 팔아먹는다더니!」

구둣발로 들어온 아빠가 엄마가 놀던 판을 뒤집어
엎으며 무섭게 말했다. 호는 그토록 무서운 아빠의 얼
굴은 태어나서 처음 보았다. 아빠는 엄마의 두 손을
방바닥에 나란히 놓아두고 구둣발로 마구 밟았다. 그
러고는 부들부들 떨고 있는 호를 안고 엄마를 버려둔
채, 떠났다. 그 뒤로 호는 엄마를 다시 볼 수 없었다.

〈망키, 성원숭, 가디, 윈디, 발챙이, 수륙챙이, 강
챙이, 케이시, 윤겔라, 후딘, 알통몬, 근육몬, 괴력
몬, 모다피, 우츠통, 우츠보트, 왕눈해, 독파리……
그 다음이 뭐더라.〉

버스의 헤드라이트 불빛이 호가 살고 있는 절집의
이정표를 한번 쓰윽 훑고 지나갔다. 독파리같이 무서
운 총무 스님의 얼굴이 스쳐가고, 고라파덕 보살의 골
아파하는 얼굴이 불쑥 다가오는 것 같았다.

다른 녀석들처럼 집이 학교 근처이면 얼마나 좋을
까. 시퍼렇게 출렁이는 강, 해질녘이면 계곡을 덮어버
리는 짙은 안개, 절집으로 들어가는 좁고도 긴 길 옆
의 괴물 같은 키 큰 나무들. 호는 매일 절집에서 학교

로 오가는 길이 싫었다. 스님이 될 것도 아닌데, 절집 아이로 살아야 한다는 것이 더없이 싫었다.

하지만 아빠가 자신을 절집으로 데리고 온 이유만은 잘 알고 있다. 아빠가 자신을 놓아둘 곳이 절집밖에 없다는 것을. 아빠의 엄마가 호처럼 어렸을 때, 아빠를 이곳에 데려다 놓았던 것처럼 자신을 이곳에 데려다 놓을 수밖에 없다는 것도.

아빠처럼 고등학교를 졸업하고 어른이 되면 절집을 떠날 수 있을까. 아빠가 엄마를 딱 한번만 봐줘서 함께 살면 안 될까.

호는 아빠에게 사정하고 싶었지만, 자동차 기술자인 아빠는 러시아 어느 지방 공장으로 떠나버리셨다. 아빠는 호에게 눈 덮인 궁전이 찍힌 엽서와 보자기를 둘러쓴 뚱뚱한 아줌마들이 계속해서 몸통 속에서 빠져나오는 러시아 목각 인형을 보내주셨다. 계집애도 아닌데 인형 따위가 뭐람, 컴퓨터나 한 대 사서 보내주시지. 공주처럼 예쁘지도 않고 로보트처럼 합체도 안 되는 아줌마 인형은 공양주 보살에게 생일 선물로 인심 쓰는 척하고 줘버렸다.

비밀

한때 그녀는 영원보다 더 먼 사랑이 있다고 믿었다. 열다섯 살, 중학교 시절이었다. 성당의 중고등부 크리스마스 파티에 친구 따라 참석했을 때, 그녀는 알았다. 사랑이 시작되었다는 것을.

「저는 아쿠아마린입니다. 중세 사람들은 아쿠아마린이 악을 이겨낸다고 믿었습니다. 저를 담근 물로 눈을 씻으면 눈이 맑아져 미래를 내다볼 수 있습니다. 악을 이기신 예수님처럼 살고 싶습니다. 메리 크리스마스, 여러분!」

다과를 앞에 두고 제 소개를 하는 자리에서 남고생 한 명이 독특하게 자기 소개를 하고선 씩 웃으며 좌중을 여유롭게 훑어보았다. 그와 눈이 마주쳤던가. 설령 그가 그녀에게 유별난 시선을 보내지 않았을지라도 그녀는 그와의 짧은 눈맞춤만으로도 열다섯의 나이가 스테인레스 칼날처럼 날카롭게 빛나고 있음을 알아챘다. 그 빛은 예리하면서도 아팠다.

흰 플라스틱 명찰에 새겨진 이름은 황보석이었다. 이름이 보석이라니. 옆의 친구는 애써 키득대며 웃고 있었지만, 그녀는 그 친구도 그에게 빠져 있음을 눈치

챘다. 질투심 때문에 그녀는 탁자 밑에서 애꿎은 손마디만 아프게 꺾어댔다. 보석 가게 아들답게 자신이 태어난 달의 탄생석에 과장되게 의미를 부여해서 자기소개를 한 것에 불과했지만 열다섯 살 소녀에게 그의 표현은 심오한 내면을 가진 것처럼 특별하게 받아들여졌다. 그녀는 친구에게조차 그를 좋아하는 감정을 내비칠 수가 없었다. 비밀이 많아지는 나이였다. 사랑은 미지로의 여행이라는 것을 그 나이에 처음 알았다. 아찔한 추락 같기도 하고 황홀한 비상 같기도 한 감정의 곡예가 자기 안에서 생겨나는 게 불안하고도 신기했다. 그녀에게 육박해 오는 감정의 무게와 성질을 감당할 수 없었다.

감정은 보다 구체적인 확증을 요구했다. 그녀는 견딜 수 없는 열정에 휩싸여 거의 매일 그에게로 보내는 편지를 썼다. 하지만 그녀는 편지를 우체통에 넣는 대신 자신의 책상 서랍으로 보낼 뿐이었다. 편지에 채워넣을 자신의 감정 때문에 잠을 이루지 못했다.

어느 날 아침 늦게 일어나 지각할 뻔한 그녀는 서두르느라 책상 서랍에 자물쇠를 채우는 걸 잊고 등교했다. 수시로 자식들의 일기장이며 책상 서랍 따위를 불심검문하는 아버지의 전횡적인 부권을 알고 있는 그녀

는 학교에서 아무것도 할 수 없었다. 학교가 파한
뒤, 집으로 급히 달려온 그녀는 책상 서랍을 열어보았
다. 편지는 한 통도 남아 있지 않았다.

저녁 식사 시간에 온 식구들이 안방에 소집되었다.
그녀의 아버지는 그녀를 방 한가운데 앉히고 그녀에게
편지 한 통을 건네주었다. 그는 그녀에게 그 편지를
식구들 앞에서 큰소리로 읽으라고 명령했다. 그녀는
수치심과 치욕감으로 단 한 줄도 읽을 수가 없었다.
그녀의 아버지는 그녀의 손에서 편지를 빼앗아 큰소리
로 읽어 내려가기 시작했다. 숱한 밤의 은밀함들은 창
녀처럼 천박해지고, 묵도처럼 조용한 소망들은 뻔뻔스
러운 고함으로 변질되고 있었다. 언니와 오빠는 그녀
의 서글픈 비극을 아무런 동정도 없이 웃으며 관람하
고 있었다. 그녀는 비밀이 까발려지는 조롱을 참기가
고통스러웠다. 편지를 다 읽은 그녀의 아버지가 다시
그녀에게 편지를 건넸다.

「찢어!」 그녀의 아버지가 명령했다.

그녀는 열정과 환희, 수줍음과 그리움으로 써내려
갔던 지난밤의 편지를 손톱 크기만큼 잘게잘게 찢어냈
다. 그녀의 영혼이 백열등 아래서 발가벗겨진 채 수모
를 당하고 있었다. 그녀의 아버지는 찢어진 종이 조각

들을 모아 그녀에게 건네주며 명령했다. 「씹어!」 그녀는 벼랑에 몰린 염소 새끼처럼 찢긴 편지를 씹었다. 그녀는 울 수조차 없었다. 벼랑에서 뛰어내릴 수만 있다면. 그녀가 썼던 모든 편지들을, 아니 자신의 존재를 다 씹어 삼키고 싶었다.

「이제 그만, 뱉어!」 아버지의 마지막 명령을 그녀는 묵살했다. 그녀는 입 천장과 턱밑, 목구멍에 고여 있는 모든 침들을 모아 꿀꺽 삼켜버렸다. 그녀는 일기도, 편지도, 사소한 낙서도, 자신의 감정을 드러내는 어떤 글자도 다시는 쓰지 않으리라 결심했다. 그녀의 아버지나 그녀 모두 과도하게 날카롭고 신경질적이었으며 지나치게 어리석었다. 열다섯 살 딸아이의 풋내나는 연애 편지 따위를 가지고 망나니같이 드잡이하던 아버지도 한심스럽지만, 사생결단하고 고된 마음의 지옥으로 칩거해 버린 자신도 어지간히 그악스러웠지 싶었다. 끝까지 가보고야 마는 성정으로 치자면 부전여전이었던 셈이다.

비밀을 함부로 드러내는 짓은 정신적 매춘 행위와 같다는 생각은 오랫동안 그녀를 지배했다. 그녀와 처음 마주하고서 무려 네 시간 동안 단 세 마디의 말도 건네지 못하던, 숫기 없고 과묵하던 남편. 긴 시간 동안 억압당한 사람 특유의 지나친 긴장감이 연신 담배를 피워대는 그의 모습에서 강하게 풍겨나왔다. 자신의 불행한 가계(家系)에 대한 얘기를 했던가. 그의 어눌함 속에 생의 비의 같은 것이 느껴졌다. 자신에게 없는 것까지 꾸며내어 떠벌리는 다른 남자들에게서 볼 수 없는 특별한 매력이었다. 그가 그토록 말하지 못하는 고통스러운 비밀이 무엇이든 관계없이 그녀는 너그럽고 참을성 있게 그의 옆에 있어주고 싶었다. 비밀은 그녀가 가장 소중하게 여기는 덕목이 아니었던가. 비밀을 간직한 듯한 남편에게 이끌렸던 것은 그녀의 운명인지도 몰랐다. 사랑만 있으면 모든 것이 가능하다고 믿었던 발칙한 젊음이 그를 자신의 운명이라고 믿고 싶게 했는지도. 사랑한 것, 절대적으로 믿는 것이 결국 뒷통수를 치고야 마는 생의 야만성에 대해, 그때는, 그녀도, 몰랐다.

공양주 보살은 헤어지기 직전의 남편의 얼굴을 한참 동안 바라보다가, 제상에 술을 한잔 따라 올렸다.

음복

종점에서 내리는 사람은 호 혼자였다. 호는 정류장
에서 주위를 살폈다. 총무 스님이 뒷덜미를 낚아채기
위해 자신을 기다리고 있을 것 같아서였다. 다행히 절
집 식구들은 보이지 않았다. 절집으로 가는 밤길은 언
제나 길고 무서웠다. 저그란 놈이라도 있었으면…….
무섬증을 떨치기 위해 호는 리듬을 붙여 포켓몬 이름
을 소리내어 부르기 시작했다. 「야돈, 야도란, 코일, 레
어코일, 파오리, 두두, 두트리오, 쥬쥬, 쥬레곤……」
일주문의 기둥이 보였다. 기둥이 잠깐 기우뚱 넘어
질 것처럼 움직였다. 움직임이 빨라지더니, 호 앞으로
달려들었다. 삽살개 저그였다. 짖지도 않고 꼬리를 흔
들며 호의 손등을 혀로 핥아댔다. 저그는 호와 나이가
동갑인 아홉 살이었다. 사람 나이로 치면 저그는 할아
버지다. 하지만 호와 같이 노는 데는 아무런 문제가
없을 정도로 건강하다. 호는 저그가 제일 좋았다. 저
그가 옆에 있으니, 고라파덕 보살님도 독파리 같은 총
무 스님도 별로 겁나지 않았다.
호는 보살 방의 기척을 살폈다. 향 냄새가 진하게 풍
겨나왔다. 호는 방문을 열어보았다. 상 위에 음식이 가

득했다. 아저씨 제사를 지내는 모양이었다. 절에 온 사람들이 보살에게 남편이 어딨냐고 물어보면, 아무렇지도 않게 외국에 출장갔다고 거짓말하곤 하는 것을 호는 본 적이 있다. 출장간 것과 죽은 것은 하늘과 땅 차이다. 외국으로 출장간 사람은 보살의 남편이 아니라 우리 아빠데. 그럼 아저씨는 하늘나라로 출장중?

공양주 보살은 호가 들어오는지도 모르는지 하염없이 상을 향해 앉아 있었다. 보살이 늘상 입던 회색 몸뻬 차림이 아니라 한복 차림이었다. 색깔만 빨갛다면 영락없이 러시아 아줌마 목각 인형이었다. 혼날 때 나더라도 호는 일단 배부터 채우고 싶었다.

「……아, 아, 주, 우, 움……」

호가 주춤거리며 보살에게 다가가 그녀의 등에 손을 얹었다. 호가 살며시 얹었을 뿐인데도, 공양주 보살이 흠칫 놀라는 기척을 냈다. 보살의 눈에 물기가 가득했다. 호는 예상치 못한 분위기에 당황했다.

「미운 강아지 보리 멍석에 똥 싼다더니, 미운 놈이 미운 짓만 골라서 하는구나」

보살이 손으로 슬쩍 눈을 한번 누르더니, 호를 쳐다보지 않고 말했다. 어른이 애 앞에서 우는 게 창피해서 그런다는 걸 호는 다 알고 있다.

「까마귀가 네 손 보고 형님 하자 하겠다. 빨리 나가서 손 씻고 와. 음복하게……」

보살이 제상 위의 촛불을 훅 불어 껐다. 호는 보살의 누그러진 모습을 보고 안심하며 손을 씻기 위해 밖으로 나갔다.

벚꽃나무

내가 〈번개〉라는 늙은 창녀를 본 것은 삼 년 전 칠월 여름이었다.

「번개 온다」

민소매 포플린 원피스를 입고서도 연신 손부채질을 해대며 내 곁에서 걷던 이모가 짧게 내뱉었다. 번개라니. 나는 번개라는 이모의 말에 하늘을 올려다보았다. 하늘은 빳빳하게 풀 먹인 광목천처럼 쨍 했다. 그 순간 번개는 오는 것이 아니라 치는 것이라는 다소 얼치기 같은 생각이 들어 하늘을 향했던 고개를 돌렸다. 이모가 내게 낮게 속삭인 〈번개〉는 양전(陽電)과 음전

(陰電)의 구름 사이에서 일어나는 방전 현상에 대한 것이 아니었던 것이다.

그때 나는 바로 오 미터 앞에서 올라오는 한 여인네를 보았다. 한눈에 보아도 그녀의 행색은 예사롭지 않았다. 그녀는 여름 한복이라고 하기에는 너무 두꺼운 질감이 느껴지는 천에 조야한 빛깔의 치마 저고리를 입고 있었다. 염색 탓인지 지나치게 까만 파마 머리에 빨간색 꽃핀을 찌른 그녀의 얼굴은 얼추로도 나이를 짐작하기 힘들었다. 노파라고 하기에는 낯빛이 너무 불그스레했다. 중년의 여인이라고 하기에는 짙은 파운데이션으로 분칠을 했음에도 골이 진 주름이 너무 깊었다. 전체적으로 산만한 분위기를 강렬하게 풍기는 여자였다.

미친 여자가 아닐까. 미쳤다면 이모는 〈번개 온다〉라고 말하지 않고, 〈미친년 온다〉라고 더 크고 강력한 목소리로 말했을 터. 미쳤다고 하기에는 내 곁을 스쳐 지나가는 그녀의 눈빛이나 걷는 품이 야무진 것 같았다.

「왜 저 여자더러 번개라고 하는 거유?」

이모 옆에 바짝 붙어 나는 은밀하게 물었다.

「번개같이 빠르니까」

「뭐가?」

「그게」

「그게 뭔데? 뭐가 번개같이 빠르다는 거유?」

「뭐긴 뭐, 할아버지들하고 그짓 하는 게 번개처럼 빨라서 붙여진 별명이라나 뭐라나. 후딱 해치우고 나와서 다시 야스락거리며 수작 걸고. 이 사직 공원 바닥에서 〈번개〉 모르는 노인네들 없을걸, 아마」

「할아버지들이 그게 가능하단 말이야?」

「옛말에도 있잖냐. 남자들은 지푸라기 들 힘만 있어도 그게 가능하다는 말. 너, 못 들어봤냐?」

「번개라는 여자는, 그럼 창녀?」

「보기에는 저리 보여도 통장에 돈푼깨나 들어 있을 거라고들 하더라」

「그거 하는 데 얼마나 받는데?」

「노인네들 상대니까, 큰돈 받을 수 있겠냐. 글쎄, 정확히는 모르겠다만, 아마 삼천 원, 아니 오천 원이 좀 넘나? 아무튼 만 원은 안 되는 정도의 화대를 받는다고 들었던 것 같다」

이모와 나는 사직 공원 상수리 나무 숲길을 내려가면서, 노망이니 주책이니 따위의 말을 주고받았던가. 공원 광장으로 가는 길에는 보자기만한 그늘에 모여 앉아 내기 장기를 두거나, 잔술을 파는 노파 옆에 붙어 앉아 낮술을 이기지 못한, 취기에 젖어 있는 노인들이 있었다.

광장에 이르러 나는 그예 뒤를 돌아보고 말았다. 〈번개〉는 치마 말기를 올려 쥐고 비둘기 공원 방향으로 커브를 돌고 있었다. 그녀가 사라진 후에도 오래도록 남아 펄럭거리던 치맛자락의 꼭두서니빛. 나는 아득한 현기증을 느꼈다.

상수리 나무 그늘이 뚝 끊어진 광장, 쏟아지는 햇빛 아래서 나는 그녀가 사라진 곳을 향해 멍하니 서 있었다.

「서두르자. 할머니 깨시기 전에 콩국 사가지고 들어가야지」

이모는 내 어깨를 돌려세워 갈 길을 재촉했다.

이모와 내가 콩국을 사들고 이모 집으로 돌아왔을 때, 외할머니는 마루에 오두마니 앉아 담배를 피우고 있었다. 혹시나 싶어 이모는 외할머니가 주무실 시간을 어림잡아 선풍기의 타이머를 맞춰놓았는데, 선풍기는 이미 정지해 버렸던 걸까. 성긴 머리카락을 뒤로 틀어올려 쪽을 찐 할머니는 웃통을 다 벗어젖힌 채, 아래는 속고쟁이만 입고 있었다. 대문을 열고 들어오는 우리를 향해 할머니는 눈자위가 움푹 패인 떼꾼한 눈을 꽂고 천식으로 글글거리는 목소리로 암팡지게 쏘아붙였다.

「썩을년들. 나만 봐두고 니들만 내빼! 내가 니년들 땜에 한숨도 못 잤다」

「아유, 할머니. 우리가 내빼긴 어디로 내빼? 할머니 두고 안 가. 전쟁 터져도 할머니는 우리가 이고지고 간다니깐. 할머니 좋아하는 시원한 콩국 사러 갔다왔어. 자, 여기」

내가 헤실거리며 외할머니의 어리디어린 비위를 맞추는 동안에 이모는 아무 말 없이 큰 고무대야에 든 물에 손을 집어넣어 물 온도를 가늠하고 있었다.

구십을 넘기면서 외할머니는 눈에 띄게 기력이 약해지고 있었다. 얼마전 평생 며느리와 아근바근하며 살아온 그녀가 급기야 방에 있던 요강을 비우러 화장실로 가는 도중에 거실에 깔린 두꺼운 카펫의 턱에 걸려 넘어진 것이다. 유독 깔끔한 며느리 눈에 엎질러진 요강에서 나온 오줌으로 비싼 카펫이 젖어 지린내를 풍기는 것은 기겁할 일이었을 것이다. 더구나 아파트에 살면서 엎어지면 코 닿을 정도로 지척에 있는 화장실을 이용하지 않고 구리텁텁한 놋요강을 싸들고 들어가 방안에서 배뇨 행위를 하는 야만스러움이 용서될 리 만무했다. 이모는 남편과 함께 자신의 늙은 어머니를 버린 자식 찾아오듯 모셔오고 말았다.

「물 온도 맞춤하다. 할머니 이쪽으로 모시고 와」

이모는 마당 한가운데 큰 고무대야에 벌거벗은 할머니를 앉혔다. 돌이 갓 지난 아기처럼, 아니 순하게 임종을 기다리는 늙은 그레이하운드처럼 자신의 엄마가 되어버린 막내딸에게 맨몸을 맡긴 할머니. 이모는 저승꽃이 활짝 핀 어미의 손가락부터 쓰다듬듯 천천히 타월로 때를 밀어낸다.

할머니의 앙가슴 양편으로 축 늘어진 젖, 가무스름하고 동그랬을 젖꽃판은 윤곽조차 희미해지고, 다갈색의 머루알처럼 포실했을 젖꼭지는 건포도처럼 말라붙어 겨우 젖퉁이 끝에 매달려 있었다. 이모가 할머니의 젖꼭지를 엄지와 검지로 잡아 조물락거려 보아도 할머니는 움찔거리지도 않았다.

「젖꼭지 작은 여자 서방 복 없다드니, 우리 엄니 보믄 옛말 그른 것 하나도 없다는 거, 실감한다니까」

할머니의 젖퉁이를 타월로 밀어내며 이모가 나직이 말했다.

열여섯 살배기 어리디어린 조강지처였던 할머니가

서른 살 먹은 과부 시앗을 본, 다소 어처구니없는 할머니의 내력을 두고 한 소리였다.

단 한번의 사랑도 받아보지 못한 나이 어린 조강지처. 너무도 열렬히 남편의 애정을 갈망한 나머지 분노와 악으로 감정을 표현할 줄밖에 몰랐던 애숭이 풋각시. 열일곱 살 차이가 나는 남편은 떫고 비린 맛만 나는 풋과일 같은 어린 각시를 놓아두고 서른 살의 과부에게로 달려가곤 했다던가.

호적에 올릴 본가 자식을 생산할 요량으로 어린 처에게 오면, 어린 처는 서방 못 돌아가게 할 방법만 찾느라고 그악스럽고 부산스러웠으리라. 저고리를 숨기고, 바지를 감추고, 망건을 빼돌리고, 급기야는 막내 이모가 생겨날 수 있었던 교접(交接)의 밤에 남편의 고무신을 갈기갈기 찢어 뒷간에 냅다 버렸다던가.

나이 어린 처가 보여준 애절한 투기가 하나도 귀엽지 않았는지 시오리도 더 되는 길을 맨발로 걸어 과부에게 가버리고 난 뒤, 끝내 발걸음을 끊어버린 남자, 할아버지.

멀대같이 키만 크고, 사랑받기 위해 애교를 부리지도 못하고, 암내도 풍길 줄 모르면서 자존심만 오뉴월 시누대처럼 시퍼렇게 뻗세기만 한, 열여섯 살 풋내기

적 좌절된 사랑 때문에 구십 노파가 되어서도 마음이 편치 못한 여자. 농염하고 질펀하게 통정을 나누는, 자신보다 훨씬 나이 든 남녀를 남편과 시앗이라는 이름으로 고통스럽게 받아들이다가 결국은 막내 딸을 생산한 이후로 노파가 되어버린 채 평생을 살아버린 여자, 할머니.

서방의 애탐(愛貪) 대상이 되어보지 못한 젖, 동물의 암컷으로서 수유의 기능만 있었던 젖, 손주들의 물컹물컹한 놀이감이 되었던 젖, 그 젖 밑으로 상체의 골격에 붙어 있던 수의근들은 수축력을 잃은 채 헐겁게 내려앉아 할머니의 음문(陰門)을 스커트처럼 덮고 있었다.

이모는 갓난아이를 목욕시키듯 할머니의 가랑이 사이에 타월을 밀어넣었다. 쓸쓸하고 어두운 곳, 오랜 세월 묵정밭이 되어버린 그곳은 치모마저 거의 다 빠져 어린 계집아이의 회음부 같았다. 욕망과 두려움이 용솟음치고 짙은 쾌락과 고뇌가 소용돌이쳤을 그곳을 문질러 닦아주는데도 할머니는 한없이 나약하게 무방비 상태의 표정을 짓고 가만히 앉아 있었다.

「나도 나이 들어 우리 엄마처럼 늙으면 이렇게 될 거나? 엄니라서 내 욕심으로는 백 살 넘어서까지 살아

계시길 바란다만, 자기 손으로 밑도 못 닦고, 이게 사람 사는 모양이냐. 나야 울 엄니니까 그렇다 치고, 며느리는 이제 그만 가셨으면 하고 드러내놓고 홀대하는데 생목숨 그냥 끊으라고 할 수도 없고. 더 살면 자식 먼저 앞세운 흉측한 어미가 될 게 뻔한데, 젊은 자식들 생기 다 빨아먹는 산 귀신 되기 십상인데······」

할머니의 긴 머리카락에 비누질을 하느라 자신의 얼굴을 할머니 얼굴 쪽에 바싹 붙인 이모가 한숨을 섞으며 말했다. 악을 쓰듯 말하지 않으면 전혀 알아듣지 못하면서도, 비굴한 눈치만 예민하게 발달한 할머니가 이모의 입모양만 보고 넘겨짚는 말을 했다.

「늙으면 죽어야지. 저승 사자는 뭐하고 자빠졌을꼬, 이 늙은년 안 잡아가고. 생심줄겉이 먼 놈의 목심 줄은 이리도 질길꼬」

입 짧은 할머니를 위해 매 끼니에다 간식거리까지 정성껏 만들어 갖다 바치면, 고생했다는 치사 한마디 없이 생뚱맞은 말을 군시렁거리면서도 숟가락을 놓지 않던 할머니의 죽고 싶다 타령은 순 거짓말이었다.

「내 말 하나도 못 알아들으면서도 저리 안단이 박사 노릇을 하니, 누가 좋아한대니. 늙으면 들어도 못 들은 척, 알아도 모르는 척, 봐도 못 본 척, 좀 멍청해

지고 순해져서 젊은 사람들 맘이나 편하게 해주면 좀
좋으냐?」

강렬한 열기가 사그라진 한여름의 따뜻한 잔양(殘
陽)을 받으며, 이모가 나직하게 말했다.

「있잖냐, 나, 요즘 니네 할머니 보면서 잔인한 생
각 한다. 우리 시댁에 고모님이 계셨는데, 그 고모님
이 니네 할머니처럼 구십이 넘은 거라. 그 양반 나중
에 노망까지 들어서 아침 잡수셔놓고 밥상에서 돌아앉
자마자, 며느리년이 자길 굶겨 죽이려고 한다고 악다
구니 써대고 온 동네 헤집고 다닌 거라. 보다 못한 시
고모님 막내딸이 그러더라. 자기 엄니 뒤통수에 대고
몰래 큰절을 할까 싶다고. 내 첨엔 그 소리가 무슨 말
인가 했다. 살아 있는 사람 뒤에 대고 소복 입고 큰절
올리면 죽는다는 옛말이 있었던갑드라. 그것도 막내딸
이 절을 해야 효험이 크다던가? 그 말 듣고 너무 숭칙
해서 소름이 오스스 돋았는데, 요즘 그 시누이 말이
왜 그리 귀에 쟁쟁허냐」

할머니의 몸을 닦아낸 젖은 수건으로 마루의 물기
를 훔쳐내며, 세상에서 가장 잔인한 딸이 되고 만 듯
한 비감한 어조로 말하는 이모의 가슴팍에 땀이 송글
송글 맺혀 있는 것이 보였다. 속살이 유난히 희고 고

운 이모의 젖가슴은 오십 초반의 나이에도 불구하고
여전히 풍만했다. 젖꼭지 크기와 서방 복의 비례 관계
에 대해 운운하던 이모의 말과, 유난히 부부 사이가
각별해서 티브이 시청을 하면서도 이모의 신체 한 부
분과 맞닿고 싶어서 애틋하게 꿈틀거리던 이모부의 몸
짓과 표정이 떠올라 나도 모르게 얼굴을 붉혔다. 젖꽃
판에 오똑 선 포도알만한 이모의 젖꼭지. 젖꼭지가 커
서 이모는 서방 사랑을 듬뿍 받는 걸까, 하는 조금은
삿된 생각을 하면서.

배곯이라도 면하려고 초례도 치르지 못하고 간 시
집, 소박데기가 되어버린 가시내는 빨래 들고 냇가에
가서 흐르는 물소리에 제 울음 섞으며 방망이질로 빨
랫감이나 몽씬 두들기는 것으로 한풀이했으려나. 서방
이 어연번듯이 살아 있음에도, 청상 과부처럼 자식들
혼자 거두며 시난고난 애옥살이한 것이 한이었던 걸
까. 자기 죽으면 때깔 고운 비단 원삼 족두리를 수의
로 입혀 달라고 자식들에게 청원한 할머니.
시앗 옆에 누운 남편 꼴 저승에서 다시 볼까 두렵다
고 친정 선산에 묻어달라 부득불 우겨, 기어이 자신의
친정 엄니 곁에 묻힌 할머니. 파평 윤씨 양반집 딸내

미였다는 것만이 남편 앞에 기 세울 유일한 자랑이었던, 한없이 어리고 고집 센 윤정례(尹貞禮).

할머니가 돌아가신 후, 이모는 소복 입고 할머니의 뒤통수에 대고 큰절을 올리겠다는 생각을 품었던 자신을 용서하지 못해 섧게도 울었다.

할머니의 장지 주위는 복숭아 밭이었다. 병풍막이가 될 만한 둥치 큰 나무들이 없는 그곳에 음력 십이월의 매섭고 찬 눈바람이 불었다. 온몸이 겨울 바다 앞 덕장에 널린 황태처럼 얼어붙어 왔다.

매장이 다 끝난 뒤에, 할머니를 모시고 살았던 삼촌이 소주잔을 돌리기 시작했다.

「탁 털어서 한입에 마셔. 그래야 짜르르 하고 술 기운이 몸에 좌악 퍼지면서 추위가 풀리지. 거, 눈 한번 푸지게 내리네. 저거 도화나무냐? 봄에 도화꽃 피믄 울 엄니 도화꽃에 취할래나. 분도 꽃도 싫어했던 분이라…… 울 엄니처럼 맛없고 멋없는 여자가 이 세상에 또 있을까」

울었던 걸까, 맹맹한 비음이 섞인 고적한 삼촌의 목소리가 들려왔다.

이듬해 봄이면 할머니 무덤 주위로 난분분하게 흩어져 날릴 연분홍 복숭아꽃들. 마른 가지에 내려앉는 눈꽃송이들이 급하게 털어넣은 몇 잔의 소주로 인한 취기 탓인지 붉게 피어나는 복숭아꽃들처럼 눈시울에 어룽졌다.

도화(桃花). 문득 나는 꼭두서니빛 치맛자락을 휘감고 오르막길을 오르던 〈번개〉를 떠올렸다. 죽음의 훈영이 짙게 드리워진 노인들과 섹스를 한다는 그녀. 로맨스 그레이라는 말이 있기는 하지만, 정갈하게 늙어온 외로운 노인들이 서로의 추억을 주고받는 말벗 정도의 관계라고만 받아들였던 내게 노인의 섹스는 다소 생급스러웠다.

늙음 속에 깃들인 에로티즘? 뜨거운 관능과 살의 흥청거림, 존재의 내밀한 부분을 열어젖히는 성적 탐욕과 얼얼한 자극이 얼크러지고 뭉그러지는 에로 행위를 노인들에게 대입시키기에는 내 성적 상상력은 얕았다. 누덕진 살을 가지고 발작과도 같은 사랑 행위를 할 수 있으리라는 이해를 갖기에 나는 늙음에 대한 편견이 너무도 강했다. 그런데도 나는 외설스러우면서도 매혹적인, 메스꺼우면서도 자극적인, 추하면서도 도발적인 느낌을 불러일으키는 그녀에 대해 알고 싶다는 강렬한 유혹을 느꼈다.

이듬해 봄, 나는 〈번개〉를 보기 위해 사직 공원으로 갔다. 가능하다면 그녀를 만나 노인과 어떻게 성관계를 맺는지에 대해서도 물어볼 요량이었다. 그때 나는 시건방지게도 〈번개〉라는 늙은 창녀의 유별난 삶을 통해 내가 아직 도달하지 못한, 낯설고 기이한 소설의 테마에 접근할 수 있으리라고 믿어 의심치 않았다. 늙은 창녀와 죽음을 기다리는 노인의 섹스에 대한 이야기. 미구(未久)에 올 죽음과 존재의 비통한 절멸, 철저한 소멸에 대한 공포 때문에 더 증폭될 생에 대한 집착이 섹스라는 행위로 나타날지도 모른다는 식의 거창한 논리로 무장한 나는 공원 한구석에서 심호흡을 하며 그녀가 나타나기를 기다렸다.

정오가 지나도 〈번개〉는 보이지 않았다.

공원 계단에 앉아 환담을 나누거나 바둑을 두던 노인들이 깔고 앉아 있던 신문지를 접고 일제히 일어서기 시작했다. 두세 명 정도 짝을 지어 걸어가는 노인들의 방향이 한곳으로 향해 있었다. 노인들이 많이 모인 곳에 어쩌면 그녀가 있을지도 모른다는 생각이 들었다. 나는 노인들이 걸어가는 긴 행렬의 끝을 따라가 보았다. 멀리서 앞치마를 두르고 큰 솥 앞에 있는 여인들이 보였다. 무료 배식이었다. 배식판을 들고 서 있는 노인들 사이에 그녀가 있었다. 흑백 사진의 인물들 사이에 유독 한 사람만 컬러를 칠해 놓은 것처럼, 그녀는 무채색에 가까운 옷을 입은 노인들 틈바구니에서 튀어 보였다. 무료 배식을 받을 수 있는 엄격한 나이 제한이 따로 있을까만, 배식판을 들고 한 끼의 공복을 공짜로 해결해야 하는 무력한 나이는 아니지 싶을 만큼 그녀는 그 무리에서 제일 젊었다. 여전히 그녀는 명도 대비가 강한 치마저고리 차림이었다.

나는 그녀를 향해 천천히 걸어갔다. 가슴이 심하게 뛰기 시작했다. 김이 무럭무럭 나는 배식대 쪽으로 고개를 빼내어 음식을 미리 탐색하는 그녀 옆에 가까이 다가갔다. 배식은 느리게 진행되고 있었지만, 식탐하는 노인들의 눈길은 은밀하고도 집요했다. 배식된 식판을 들고 자리를 잡은 노인들은 부실한 이로 천천히, 꼼꼼하고도 신중하게 음식을 먹기 시작했다. 하찮은 찬과 국, 식판에 엉겨붙은 마지막 밥알까지 꼼꼼히 긁어 먹는 그들의 고요한 집중. 이승에서의 마지막 식사를 하는 것 같은 분위기에 나는 그만 먹먹해지고 말았다.

나는 식사를 하고 있는 노인들을 보면서 친조부를

떠올렸다.

1887년에 태어나 1987년에 돌아가신 친조부의 긴 생애는 그가 보인 식탐 때문에 참으로 모지락스럽고 그악스러운 것이 되어버렸다. 한 세기를 살아낸 덕분에 친조부는 아들, 사위, 손주들을 자신보다 앞서 저승으로 떠나보냈다. 흘러넘치는 조부의 생명력은 후손들에게는 급기야 치명적인 위협으로 느껴졌고, 차라리 조부가 급살 맞아 죽기를 바라는 서글프고도 끔찍한 심리적 패륜으로 진저리를 치게 만들었다.

큰아들이 간암으로 마흔을 갓 넘긴 나이에 세상을 등질 때도, 조부는 눈물 한 방울 흘리지 않고 매 끼니를 꼬박꼬박 챙겨드셨다. 흔들림 없는 조부의 규칙적인 식사는 며느리에게 용납될 수 없는 잔인함으로 비쳤고, 조부는 결국 임종을 맞을 때까지 이 자식 저 자식 집을 전전하며 지낼 수밖에 없었다. 머물던 자식 집에 불행의 기미만 보여도, 검은 머리카락까지 새로 돋아나는 노친네의 과한 생명력이 화근이라는 식으로 치부되어 버리곤 했다. 고여 있는 조부의 생은 이미 저주와 악담의 기포가 부글거리는 섞은 웅덩이 꼴이 되어버렸다.

자식을 여덟 명이나 생산해 내고, 일본 고베 시의

조선소에서 건구도공부 십장으로 일한 근력 좋은 사내였던 조부는 너무 오래 살아 혐오스런 존재가 되어버렸다. 불멸할 것 같았던 조부도 결국 한 세기의 기나긴 생을 마감했다. 물론 조부의 죽음은 호상(好喪)이라는 이름으로 장례를 치르는 자식들을 행복하게 해주었다.

말끔하게 식사를 마친 〈번개〉가 빈 배식판을 내던지듯 쌓여 있는 식판들 위에 건성으로 올려놓자마자 치마 말기를 오른손으로 잡아올렸다. 갑자기 재게 몸을 움직이며 걷는 그녀에게서 내가 은밀히 기대했던 노인을 향한 그녀의 수작을 볼 기회가 오고 있다는 것을 직감했다. 끈덕지게 그녀를 주시하고 있다는 것을 들키지 않고 그녀의 뒤를 좇는다는 것은 예상보다 쉽지 않았다. 그 이후로 몇 번의 취재를 통해 알게 되었지만, 노인들을 상대로 한 매춘 행위는 노인들에게 치명적인 위해를 가할 만큼 심각한 문젯거리였다. 거의 난교에 가까운 매춘 행위를 하는 노창(老娼)들로 인해 노인들은 지독한 난치성 성병에 시달리고 있었다. 그 때문에 단속반들이 수시로 호객 행위를 하는 매춘부들을 감시하고 다녔다. 낯선 젊은이들이 자신들에게 보통 이상의 눈길을 보내는 것에 대해 그녀들은 동물적 민감함을 가지고 경계를 늦추지 않았다. 어쩌면 〈번개〉 역시 짐짓 공원의 산보객처럼 위장하고 있지만 그녀에게 슬금거리며 관심의 눈길을 보내는 나를 진즉 요주의 인물로 찍었는지도 모를 일이었다.

　기실 노인들만 있는 그 공간에서 대낮부터 하릴없이 그 주위를 맴맴 도는 젊은 여자가 쉽게 녹아들 리 만무했다. 겉으로는 세상만사에 무관심한 표정을 짓고 있지만, 노인들은 자기 영역에 들어온 이질적인 존재에 대해 노회한 호기심을 감추지 않았다. 청바지를 입고 가방을 어깨에 걸머진 채, 한 손에 메모장 같은 것을 쥐고 노인들 주위를 몇 시간 동안 바장거리는 젊은 처자를 눈치 채지 못하길 바라는 것은 부질없는 기대였다. 그러나 이왕 내친 걸음이었다. 내 의식 속에서 날조된 이미지였다 할지라도, 나는 〈번개 온다〉라고 내게 귀엣말처럼 속삭이던 이모의 목소리에 실려 돌연 내 눈앞에 진짜 번개치는 것처럼 다가왔던 그녀의 불가해함을 잊을 수가 없었다. 단지 그녀의 존재 자체에 대한 호기심인지, 그녀와 연루된 외설스러운 성적 연상의 강렬함 때문인지는 알 수 없지만 말이다. 그녀에 대한 구체적인 정보를 얻어내어 특이한 소설을 써보겠다는 의도 같은 것은 이미 사라지고 없었다.

〈번개〉는 연분홍 벚꽃이 흩날리는 사직 공원으로 오르고 있었다. 속살까지 간지럽게 만드는 봄꽃 향기 같기도 한 야릇한 내음들이 미세한 햇빛 입자에 녹아 의식을 아득하게 했다.

그녀가 천천히 걷던 노인에게 다가가는 것이 보였다. 그녀의 손이 노인의 허리께에 잠시 주춤했다. 그러더니 급기야 허리 아래쪽으로 손이 움직였다. 노인의 엉덩이를 부챗살처럼 편 손으로 슬쩍 더듬다가 떼고, 다시 은근슬쩍 만졌다가 떼는 손놀림이 용의주도하고도 민첩했다. 노인의 몸 뒷부분을 주로 더듬어대는 그녀의 교태와 수작은 이삼 분도 채 안 되는 시간에 이루어졌지만, 그녀가 의도하는 바를 전달하기에는 충분할 정도로 농염했다.

봄날 대낮에 이루어지는 그들의 기묘한 통정 행위는 적이 나를 귀살쩍게 했다. 나는 그때 무슨 상상을 했던 걸까. 사향 박하의 뒤안길에 나타난 아름답고 크다란 배암, 소리 잃은 채 낼룽그리는 붉은 아가리로 푸른 하눌을 물어뜯는 꽃다님 같은 배암, 석유 먹은 듯 가쁜 숨결을 내뿜는 저리도 징그라운 몸둥아리 따위 같은 화사(花蛇)의 시 한두 구절을 두서없이 떠올

168

렸던가.

······바늘에 꼬여 두를까부다. 꽃다님보단도 아름다운 빛······.

뻔뻔스럽고도 질탕한 수작 앞에 나는 얼음송곳에 명치가 찔리는 것 같은 뜨겁고도 아린 통증을 느꼈다. 지나친 노골성은 보는 사람을 민망하게 하는 법. 뒷덜미가 후끈했다. 찐득거리고 미끈거리는 점액질이 내 손바닥에 고이는 것 같은 느낌 때문에 나는 연신 바지춤에 손바닥을 문질러댔다.

거래가 성사된 걸까. 〈번개〉가 노인에게 고갯짓을 했다. 노인이 보일 듯 말 듯 고개를 끄덕였다. 그녀는 노인보다 두세 걸음 앞서 걷기 시작했다. 불과 얼마 전에 암내를 양껏 풍겼던 그녀와 그녀의 냄새를 흠씬 운감했을 노인은 짐짓 아무 일도 없었다는 듯이 서로 사이를 둔 채 떨어져 걸었다. 그 사소한 간격의 긴장은 앞으로 진행될 행위에 대한 나의 상상을 더욱 증폭시켰다.

〈번개〉를 따라 다소 위축된 모습으로 천천히 걷는 남자 노인은 계속 뒷모습만 보였다. 어쩌면 〈번개〉보다 더 큰 비중을 차지하는 내 소설의 주인공이 될 수도 있는 남자 노인의 밑그림이 그려지지 않았다.

자식들이 쥐어준 몇 푼 안 되는 용돈을 가지고 만원 가량의 화대를 지불하기 위해 점심까지 굶어가며 돈을 모으는 노인? 그건 휘발유처럼 타오르는 성욕을 가진 가난한 이십대 초반 청년의 모습 같다. 건물 임대업을 하는, 재력이 조금 빵빵한 노인이 아직은 불끈 솟아오르는 근력을 확인하기 위해 노창을 찾는다? 남자들은 나이가 들어 성으로 자신을 과시할 수 없을 때 권력으로 성을 대체한다는데, 권력과 맞먹는 재력을 가진 노인이 은박지를 한입 문 것 같은 가짜 치아를 한 싸구려 창녀와 키스를 한다는 것도 어딘가 어울리지 않는다. 시절의 적막과 어둠을 알아버린 쓸쓸한 노인이 단지 외롭고 허전해서 살을 나눌 작은 인연을 만든다? 그런 식으로 생에 대한 성찰을 한 노인이라면 유서의 문장을 다듬거나 자신이 묻힐 자리를 찬찬히 찾아다니는 타입일 것 같다. 그렇다면 어디서 소설 주인공이 될 만한 남자 노인의 프로필을 구할 수 있단 말인가.

내가 현실적으로 만날 수 있었던 남자 노인은 시아버지와 친정아버지 두 분뿐이었다. 두 분 다 이제는 저승으로 번지수를 옮기셨지만.

어머니에게도 이루지 못한 첫사랑의 아픔이 있을

것이고, 아버지에게도 영혼의 뼈까지 만져보았던 연인
과의 사랑이 왜 없었을까만, 그들은 어디까지나 부모
가 된 것이다. 내게 아버지는 유년 시절도 없이 태어
날 때부터 아버지이며, 어머니는 처녀 시절 같은 것은
애시당초 건너뛰어 내 어머니로 내 앞에 당도해 있는
거라 믿어 의심치 않았던 어린 시절의 철딱서니없는
생각은 아주 고집스러운 데가 있다.

　옛날 사람치고는 단출하게 두 명의 자식만을 생산
한 시부모님은 그중의 한 아들을 미국에 두고 있었다.
내가 니네 시아버지 몸종이지, 아내냐는 푸념을 입에
달고 계시던 시어머니의 칠순이 되자, 시아버지는 눈
딱 감고 평생 처음 큰 선심을 쓰셨다. 어머니를 미국
에 있는 큰아들네로 여행을 보내기로 하신 것이다. 시
아버지는 시어머니에게 미국 간 김에 화려뻑적지근하
다는 구라파까지 싸잡아 구경하고 오라고 하셨다. 친
정 부모 상 당했을 때 빼놓고는 단 한번의 친정 나들
이도 허락하지 않을 만큼 완고했던 시아버지의 선심은
파격적이었다. 쉰하나의 나이에 중풍으로 쓰러진 병력
이 있는 시아버지가 동행을 자처하지 않은 것은 아내
를 위한 배려였을 것이다. 미국 지도를 안방 한쪽 벽
에 걸어놓고 쳐다보곤 했던 시아버지가 큰아들이 그립

지 않을 리 없었을 텐데도 말이다.

시어머니가 떠나시자 시아버지는 신접 살림을 시작한 지 얼마 되지 않은 둘째아들인 우리집으로 잠시 거처를 옮기셨다. 벌써 칠 년 전 일이다.

완치되지 못한 중풍 때문에 아내가 한시라도 옆에 있지 않으면 불안해하면서도, 늘 명령조로 당당하게 수발을 들게 했던 그였다. 그것은 거절 없는 애정을 받아온 아이가 부리는 어리광 같은 것이었을까. 단 한 번도 손수 속옷을 빨아 입었을 리 없을 시아버지. 욕실에서 한참을 머물다가 나온 그의 손에 들린 속옷에서는 덜 헹궈진 비눗물이 떨어졌다. 며느리까지 포함해서 아내를 제외한 모든 여자는 그에겐 낯선 여자일 뿐인 것일까. 근 한 달간을 머무는 동안에, 최대한으로 불편을 줄이려는 기색이 역력했다. 풀이 죽은 건 아니었지만, 어머니 앞에서 기세를 부리던 자연스러운 활발함은 없었다.

중풍이 다시 도질 수도 있다며 시어머니가 극구 반대한 술을 사들고 오시기까지 했다. 그녀가 떠난 지 나흘 뒤였다. 소주잔도 마다하고 밥그릇 뚜껑에 따라 드시는 시아버님의 음주를 간곡하게 만류하면, 니 시어머니 잔소리에 귀에 굳은살 박였다, 풍으로 떨어지고 난 뒤 이십 년을 넘게 버텼다, 모두 죽을 거라고들 했지, 내 몸은 내가 잘 안다, 잔소리 할 사람 없어 시원언하다, 라며 부드럽지만 단호하게 거절하셨다.

어느 날, 그는 외출할 때 입을 양복에 필요한 것들을 채비해 줄 것을 내게 부탁했다. 보행이 다소 불편한 그가 양복까지 차려 입고 정중하게 만나야 할 사람은 누구며, 갈 곳은 어디인지 궁금했지만 나는 여쭙지 않았다. 와이셔츠, 넥타이, 새 양말, 금빛 넥타이핀까지 일습해 드린 지 삼 일이 지나도록 그는 외출을 하지 않았다. 황 사장이라고 불리는 그의 친구와 몇 번의 전화 통화가 있을 뿐이었다.

이른 여름이었지만, 새벽 공기에는 신선하면서도 차가운 기운이 있었다. 아침밥을 짓기 위해 부엌으로 가던 나는 실내에 감도는 냉기에 오스스 솜털이 이는 것을 느꼈다. 바람이 들어오는 곳을 향해 무심히 고개를 돌렸다. 베란다에 그가 서 있었다. 가슴이 철렁 내려앉았다. 희부윰한 어둠 속에 서 있는 그는 놀랍게도 성장(盛裝) 차림이었다. 둘째아들 결혼식 때 입어보고 칠 년 만이었다. 십삼층 허공을 오래도록 응시하는 그의 작달막하고 앙바틈한 체구에서 어떤 결기 같은 게 느껴져, 아버님 편히 주무셨어요, 따위의 아침 문안을 건네려다 말았다.

「내 다녀오마. 그리 늦진 않을 게야」

특별히 내성적인 분은 아니었지만, 그렇다고 자기 감정의 결을 세세하게 표현하는 것도 아닌 그의 얼굴이 유독 밝았다. 웃는가, 그의 눈가에 부챗살이 뚜렷이 패이는 것이 보였다.

그의 즐거운 외출 탓인가. 덩달아 내 마음까지 들떠 이른 저녁을 식탁에 차려놓고 그를 기다렸다. 그러나 외출하고 돌아온 그의 행색은 한눈에 봐도 흐트러져 있었다. 단단하게 조여 맸던 넥타이는 와이셔츠 세번째 단추쯤에 풀려 있었고, 포마드 기름을 발라 정수리까지 단정하게 모아 붙였던 머리카락은 땀에 젖은 채 몇 올이 이마로 흘러내렸다. 소주와 오징어 한 마리가 들어 있는 비닐 봉지를 한 손에 들고서.

양복 저고리만 벗고 그는 식탁에 앉았다. 수저를 들고서도 그는 한참 동안 밥을 뜨지 못했다. 밥그릇 뚜껑에 소주를 손수 따라 연거푸 드셨다. 심상치 않은 분위기 때문에 나는 한마디도 못하고 숨만 죽이고 있었다.

「아니지, 절대 아니지. 암, 아니고 말고……」

밑도 끝도 없이 한숨처럼 내뱉은 그의 목소리가 녹

174

눅하게 젖어 있었다.

「황 영감 따라 내 오늘 사직 공원 갔다 왔다. 니게는 부끄러운 얘기 같다만, 내 소싯적에 좋아했던 여자가 있었더니라. 제법 큰 섬이었지만 학교를 다니는 아이들은 거의 없었지. 사내애들은 일찌감치 바다에 나가 고기 잡는 어린 어부가 되는 마당이니, 계집애들이야 말해 뭐해. 나는 억척스런 어머니 덕에 공부를 할 수 있었지. 아이 넷 딸린 가난한 청상 과부가 기댈 희망이라고는 장남 공부시켜 출세하게 하는 것이었겠지. 그런데 헤엄치고 놀던 둘째가 다이빙한답시고 객기를 부려 날카로운 바위에 등이 찔리고 말았다. 결국 걔는 곱추가 되고 말았다. 병신 동생에, 어리디어린 여동생들을 부양해야 하는 짐이 내 공부에 고스란히 실려 있다는 걸 내가 모를 리 없는데도, 나는 사랑이라는 걸 하고 말았다. 섬에서 유일하게 뭍으로 유학을 간 여학생을 말이다. 하얀 세일러복을 입고 숱 많은 머리카락을 양갈래로 땋은 그 여자는 너무 예뻤단다. 그런데 니 시할머니가 표독스럽게 반대를 했더니라. 근동에 삼천석지기 부자로 소문이 자자한 집 막내딸을 며느리로 들이기로 내 몰래 약속을 했던 모양이라. 어디 옛날에 사랑 겉은 걸로 결혼했드냐? 니 시에미 친정에서는 논밭 몇 마지기하고 작은 배 한 척 얹어 딸을 능력 있는 사위헌테 맡길라고 했든 거라. 어디 내 마음이 가당키나 하드냐? 그 여자하고 서울로 도망갔지. 결국 니 시할머니헌테 멱살 잡혀 끌려내려와 장가라는 걸 가고 말았다. 무력감을 곱씹으며 한 결혼이었으니 니 시어머니가 내 눈에 고울 리 없었지. 아무 죄 없는 니 시어머니는 애먼 미움만 받고…… 설움이 많았을 게다」

불콰해진 그의 얼굴에 회한이 짙었다. 억지로 떠밀려 들어와 산 세월에 대한 그의 깊은 신열과 몸살의 뒤척임이 느껴져 목구멍이 결려왔다.

「큰애를 낳고서도 그 여자를 떠난 자책 때문에, 몸 따로 마음 따로 정처가 없었다. 덕분에 술이 많이 늘었지. 아이를 적게 낳으려고 딱히 작정한 건 아니었는데, 그 여자가 왔을 때, 아이가 너무 많이 딸려 있으면 더 죄가 되겠다 싶은, 니 에미에게는 더없이 악한 마음이 들었다. 그러던 중에, 점심을 겸한 주요 부처장 회식이 있던 날이었다. 예상보다 회식이 길었던지 잘 기억이 안 난다만, 점심시간을 훨씬 넘긴 자리였다. 느지막이 자리에 돌아오니, 어떤 젊은 여자가 처네에 갓난애를 업고 찾아왔었다고 전해 주더구나. 직감적으로 나는 그 여자인 줄 알았다. 미친 듯이 달려

나가 그니를 찾아보았지만, 어디에도 그니는 보이지 않았다. 딱히 어떻게 하자는 것은 아니었다만, 내 불찰로 어긋났다는 것이…… 평생 얼굴 한번 못 보고 예까지 왔다」

눈 아래쪽에 볼록한 그의 눈물주머니가 움찔거렸다. 습습한 눈자위에서는, 그러나 눈물은 흐르지 않았다.

「황 영감이 그러는 거라. 똑 닮은 여자를 사직 공원에서 봤다고. 노파들 사이에 끼여 화투를 치고 있는 걸 봤다고 하는 거라. 내가 못 미더워하니까, 아무리 늙었어도 제 본모습 어디 간다느냐고, 영락없더라고 호언장담하는데…… 이리 지척에 살았었나, 안 죽고 살았나, 별 생각이 다 들었다. 아무려나 어찌됐든 한번은 보고 죽어야지 하는 마음이 들어서 오늘 댕겨왔더니라……」

아득한 마음이 더욱 아득해지는지, 오직 홀로 섬에서 눈을 뜬 사람처럼, 술에 취한 그의 시선이 풀려 있었다.

「첫눈에 아니라는 걸 내 알아봤다. 늙어서 젊은 모양 다 망쳐놨다지만, 그 얼굴이 아니야. 이마에서 턱으로 흐르는 선이 얼마나 고운 여자였는데…… 둥그스름한 볼이 귀엽고 귀티 나 보이는 여자였지. 오늘 본 노파처럼 하관이 쪽 빨게 가파르지 않았다. 고녀(高女)까지 나온 여자가 늙었다고 소일 삼아 볼썽사나운 노파들 사이에 끼여 막걸리 내기 화투 따위나 치고 있을까. 절대 그럴 여자가 아니야. 암, 아니고말고. 황영감이 망령이 난 게야. 그 망령에 나까지 덩달아 주책부린 꼴 됐다만······」

그가 사랑을 얘기하는가. 누구의 탓도 아닌데 잇대지 못한 인연에 관한 추억 하나가 내 귓등에 무겁게 얹혀왔다.

비틀거리며 그가 방으로 들어갔다 나오더니, 내게 명함 크기만한 종이 뭉치를 내밀었다. 누렇게 바랜 미농지로 싸서 접은 것을 펴보니 사진이었다. 쌍꺼풀이 유난히 예쁜, 양갈래로 땋은 머리에 세일러 교복을 입은 소녀였다. 시아버지가 말한 그녀라는 것을 직감했다. 도톰한 입술인데도 입매가 단정해서 깔끔한 인상을 주는, 턱선이 둥그렇고 고운 사진 속의 소녀는 첫눈에 봐도 미색이었다.

앎둑앎둑해지는 아파트 실내 식탁에 나와 시아버지 둘이 마주앉아 빛 바랜 사진 한 장을 들여다보았던 정경이 지금도 스틸 사진처럼 선명하다.

그 뒤 시어머니가 근 한 달 만에 유럽 9개국까지 여

행을 마치고 돌아오셔서 당신 집으로 가실 때까지, 아니 그가 심장 마비로 어이없는 죽음을 맞을 때까지, 그리고 또 지금까지 그 사건은 그와 나 사이에 비밀에 부쳐진 묵계(默契)였다.

나는 어디까지 그들의 뒤를 좇아갈 수 있을 건가. 분명 〈번개〉라는 존재는 내게 소설을 쓸 빌미를 제공하긴 했지만, 그녀의 구체적인 삶 속으로 들어가 볼 수는 없었다. 그녀가 통정을 하는 방의 모습, 그녀만의 고유한 신체적 특징, 노인과의 섹스 장면 따위를 직접 들여다보는 것은 불가능할 터. 그것을 현실적으로 목도할 수 있다 하더라도, 내가 쓰고자 하는 소설 속에서 어떤 의미를 가질 수 있단 말인가.

나는 강한 저항을 느꼈다. 언제나 노란 모자를 쓰고 변태적인 섹스를 하는 솜털 보송한 어린 여배우가 나오는 일본 포르노, 두 시간 내내 흑백의 인종 갈등은 이 세상엔 없다는 듯 서로를 빨고 핥고 주무르고 치대는 미국 포르노, 변강쇠의 소변이 노아의 홍수처럼 위협적으로 흘러넘치고 옹녀와 교접할 적이면 천지가 뒤흔들린다는 식의 유치참담한 한국판 에로 비디오까지 국적을 가리지 않고 포르노를 보았던 내가 그들 앞에서 낯선 저항을 느끼고 있었다. 포르노까지 포함해서 모든 성행위의 주인공은 청춘 남녀였다. 어이없이 사랑에 빠지고, 치명적인 사랑에 열병을 앓을 수 있는 권리는 젊은이의 것이었다.

노인들이 성적 흥분에 몸을 떨고, 교성을 지르며, 에로틱한 성적 열망으로 신음을 내뱉을 수 있다는 상상은 유감스럽게도 낯설고 그로테스크하다. 노인은 청춘의 뒤안길에서 인생의 어둡고 암울한 열정 따위는 모두 소거해 내고, 마른 볕내음 같은 정갈한 생의 향기를 간직한, 탈성화(脫性化)된 존재여야 한다는 환상은 나만 갖고 있는 것일까. 노인들도 사랑할 권리가 있다고, 백발이 되었어도 열정은 타고, 지붕에 눈이 덮였다고 집안 벽난로에 불이 안 타는 것은 아니라는 식의 말은 단지 수사적 표현일 뿐, 플라토닉한 유대나 교감 이상을 넘는 행위에 대한 은유로 받아들인 건 아니었다.

이 세상에는 단지 두 부류의 인간만이 있다고 생각해 왔다. 젊은이와 늙은이. 인간은 젊다가 늙는다. 그런데도 늙음은 불현듯 횡액처럼 다가오고, 더 이상 젊지 못하다는 사실에 어리둥절하게 된다. 이 각각의 세계는 서로를 전혀 알지 못하며, 때로는 배척한다. 늙은이는 두려움과 갈망으로 좌충우돌했던 젊은 날을 끝까지 기억하는 힘이 없고, 젊은이는 늙은이의 상한 이빨에서 부패의 악취만 맡을 뿐 그들의 따뜻한 지혜의 혀를 받아들일 만큼 신중하지 못하다. 나 또한 태어난 순간부터 시작된 늙음을 받아들이지 못한다. 죽음은 지금 살아 있기 때문에 끝없이 연기되는 사건이며, 결코 내게는 오지 않을 순간일 뿐이다.

내가 접촉을 시도했던 노인들의 삶은, 얇지만 결코 뚫을 수 없는 강한 피막으로 나를 막았다. 언젠가는 도착하게 될 미래를 나는 제대로 써낼 수가 없다는 것을 인정할 수밖에 없었다. 내가 쓰고자 하는 소설의 마지막은 이런 게 아니었지만, 별수없이 지금 쓰고 있는 소설의 마지막 문장을 쓴다.

나는 그녀가 노인과 함께 사라진 어느 골목을 막막한 심정으로 바라보았다.

앉은뱅이 사내에 대한 추억

1

　도시　외곽에　위치한　산등성이　공동묘지를　밀어서
만들었다는　서민　아파트는　구공탄을　때는　탓에　늘상
연탄재가　매캐하게　콧구멍을　후비고　들어왔다.　제대로
불구멍을　못　맞추면　여지없이　냉큼　앵돌아지며　차갑게
식어버리는　저질　연탄　때문에　나는　늘　전전긍긍했다.
결혼　생활　수년이　지났음에도　어리보기인　나를　보다
못한　위층　여자가　시뻘겋게　단　연탄을　부지깽이로　들
고　찾아오곤　했다.　〈김종필　오빠〉가　대통령이　되는　것을 보고 죽는 것이 소원이라던 부여 출신의 그녀는 처녀 때 배운 양재 기술로 냉장고 커버나 식탁보를 만들어 한껏 중산층 티를 내려는 아파트 단지 아낙들에게 헐한 값에 팔아 반찬값을 벌었다. 레이스가 주렁주렁 달린 그것들은 한눈에 보아도 싸구려 티가 역연했지만, 메이커의 5분의 1에도 못 미치는 값 때문에 단지 내에서는 인기가 높았다. 그녀의 꿈은 도시가스가 나오는 넓은 평수의 브랜드가 짱한 고급 아파트로 옮기는 것이었다. 주문을 맡은 물건들을 만드느라 밤낮으로 드르륵드르륵 재봉틀 돌리는 소리가 얇은 콘크리트 벽을 뚫고 내가 살고 있는 아래층까지 들려왔다. 당최 몸에 맞지 않는 옷을 껴입은 것만 같은 결혼 생활에 심신이 지쳐 있던 나는 그녀의 생활 방식에 주눅이 들어 있었다.

중졸 학력이 전부인 그녀는, 그녀의 표현대로 〈대학교〉까지 나온 내가 집안 통수로 들어앉아 아무것도 안하고 빈둥거리는 것에 이해할 수 없다는 표정을 가감 없이 드러내 보였다. 결혼한 지 오 년이 지나도록 아이도 못 낳고, 그렇다고 알뜰살뜰하게 살림을 꾸려 나가지도 못하는, 옛날 같으면 열 번이라도 소박데기가 됐을 젊은 여자가 시절 잘 만나 한들거리며 살고 있다고 믿어 의심치 않는 시선이 곱지 않았다.

꿈을 재단하고 헐거운 일상을 박음질해서 자신의 삶에 화려한 옷을 입히려는 그녀의 바지런한 노동에 대한 내 나름의 각성 행위라곤 고작 깨나른하게 몰려오는 잠을 물리치기 위해 사발 커피를 마시면서 시집을 붙들고 앉아 있는 것뿐이었다.

문학과의 한판 승부를 벌이며 몇 방울의 선연한 피가 묻어 있는 시를 써내는 극기도, 전혀 다른 방식으로 탈주선을 뚫어 새로운 문학 지형도를 만들어내는 게릴라적 감수성도 내겐 전무했다. 그런데도 무엇인가를 쓰고 싶었다. 괴이쩍고 요망스럽고 얄망궂은 글쓰기의 욕망에 이끌려 어칠비칠하게 날을 새고 나면 얼금뱅이같이 우둘투둘한 시 몇 편이 만들어져 있곤 했다. 유폐된 공간에서 치렀던 자위 행위 끝에 오는 파정(破精)의 씁쓸함과 쓰라림 같은 감정이 가슴에 담처럼 아리게 얹혔다. 오금과 대퇴가 마비돼서 한 발짝도 밖으로 내디딜 수 없는 앉은뱅이 꼴이 되어가고 있었다. 문지방이라도 넘어서고 싶었다. 불임녀, 무노동자, 무기력자인 내가 할 수 있는 일이라고는 아파트 외곽에 있는 야산을 산책삼아 어슬렁거리면서 소일하는 것뿐이었다.

무소속은 비존재라고 일찍이 간파했던 사람은 카프카였던가. 하다못해 아파트 부녀회에 소속되어 있지도 못하고, 단지 내 아낙들이 상가 일층에 있는 미용실 내실에서 점당 백 원짜리 고스톱을 치는 판에도 끼지 못한 나는 철저한 비존재였다.

2

야산으로 가는 자드락길을 파헤치면서 새로 짓기 시작한 고층 아파트들이 하루가 다르게 불쑥 건물의 키를 높이고 있었다. 그 바람에 고아원이나 폐질 환자 수용소와 농아 학교가 야산 후미진 곳으로 깊숙이 밀려나고 있었다.

고급 아파트의 품격을 유지하기 위해서인지, 그런 볼썽사나운 루핑 건물들이 있으면 아파트 값이 떨어진다는 타산이 깔려서인지 그것들을 폭력적으로 밀쳐내고 있었다. 아파트 단지와 격리시키기 위해 야산으로 들어가는 초입부터 얼추 반 마장은 더 되는 길이로 철조망이 둘러쳐져 있었다. 빈궁한 살림을 꾸리는 영신원이나 고아원 측에서 비싼 돈 들여가며 철조망을 둘

러쳐서 아파트 단지의 중산층을 위한 배려를 했을 리
는 만무할 터. 이십오층 아파트의 화려한 건물과 버덩
에 땅개처럼 낮게 엎드린 건물과의 대비는 너무도 극
렬해서 현실감이 느껴지지 않을 정도였다.

학교를 파하고 집으로 돌아가기 위해 버스를 타려
고 대로로 나오는 농아 학교 아이들이 허공에 대고 부
산하게 수화를 나누는 것을 볼 수가 있었다. 가방을
메고 삼삼오오 철조망가로 걸어나오는 허여멀건한 낯
빛의 아이들. 농아들의 수화를 보고 있노라면 곡두를
보고 있는 것같이 아득해지곤 했다.

어디에나 떨켜들이 있다. 그들도 모르는 사이에 야
만적인 폭력에 의해 금 밖으로 밀려나면서도 한마디의
항변도 하지 못하는 떨켜들……

3

언제였던가. 습습하고 어두운 굴혈(掘穴)에서 향습
성 식물처럼 살다간 한 사내를 만났던 때가. 1973년
초등학교 삼학년, 내 나이 열 살이었다.

초등학교 일학년, 삼월의 꽃샘바람이 어린 몸을 할

쉬고 지나갔다. 해거름녘이 되면 열이 솟구쳤고, 다리미처럼 뜨겁게 달구어진 이마를 손바닥으로 짚으면 불티가 날리는 것처럼 홧홧거렸다. 열에 들뜬 눈에 물상들이 푸딩처럼 흐물거리고 거리의 집들이 원근감을 잃은 채 우둑우둑 시야에 들이닥쳤다.

천길 낭하로 굴러떨어지면서 시커멓고 끝이 날카로운 바위에 몸이 부딪혀 산산조각이 나는 꿈을 꾼 아침에 나는 결국 무릎이 꺾이고 말았다. 슬관절(膝關節) 결핵이었다. 결핵이 감기처럼 흔하던 시절이었다.

엄마는 호박단 저고리에 뉴똥 치마를 곱게 차려입고는 걷지 못하는 나를 업고 결핵 병원으로 걸어갔다. 어질머리가 이는 혼미한 가운데서도 개천가의 꽃다지들이 사월의 따뜻한 꽃바람에 가만가만 흔들리고 있는 것이 황홀했다. 타박타박 병원으로 향하는 엄마의 등에 머리를 기대면 엄마의 까슬한 저고리에 배인 화장품 냄새와 땀내가 살풋 콧잔등을 간지럽히는 것이 오목가슴이 저리도록 좋았다. 평생 걷지 못하는 앉은뱅이가 되고 싶다는 무서운 욕심에 나는 엄마 몰래 한숨을 포옥 토해냈다. 도시 녹화 사업의 일환으로 도심을 가로지르는 하천가에 심어놓은 버드나무의 버들개지들이 목화 솜을 틀어놓은 것처럼 공중에 떠돌고 있는 모습은 어린 내게는 다분히 몽환적이었다.

재미없는 학교를 안 가도 되는 것과 내 독차지가 된 엄마는 병 때문에 얻은 선물이었다. 좁은 교실에 육칠십 명씩 들여놓고 말뜻도 제대로 이해 못할 국민교육헌장 따위나 줄창 외게 만들어서 주눅들게 하는 학교. 그런 학교에 합법적으로 가지 않아도 되는 평화롭기 그지없는 학교 밖 세상에서 엄마와 함께 결핵 병원에 가는 것은, 원족(遠足), 그 자체였다. 엄마에게는 피토하는 지아비와 함께 걸었던 길을 어린 딸과 다시 가야만 하는 지지리도 힘들고 팍팍한 천형과도 같은 길이었겠지만……

4

내 최초의 원족, 혹은 소풍은 일곱 살 때 이루어졌다. 동시에 생애 최초로 뱀과 마주친 것도 그때였다. 시골의 먼지 나는 신작로에 길게 가로누워 늑골을 움직이며 영원을 가듯 작열하는 햇빛을 되튕기며 기어가던 뱀. 어린 나는 처음으로 뱀을 보고 고개를 외로 꼬면서 엄마의 치맛자락을 움켜쥐었다. 말을 더듬던 오빠는 갑자기 길가에 버려진 삭정이를 집어들고 뱀을 향해 촌충처럼 자꾸 끊기는 소리를 질러댔다.

「배, 배, 배, 배에엠이다아아」

오빠는 눈을 지릅뜨며 어뜩비뜩 미끄러지듯 길가 풀숲으로 꼬리를 감추는 뱀을 향해 삭정이를 던지고선 얼뜨기처럼 주먹감자를 먹였다.

젊은 아버지는 봄바람에 울대뼈까지 가쁘게 차오르는 호흡을 가누지 못하고, 새된 소리를 새애색 토해내면서 어린것들을 지켜보고 있었다. 환절기를 혹독하게 치르고 난 뒤 그는 기력을 회복하지 못했다.

이듬해 늦봄 폐병에 좋다는 뱀을 잡으러 우리 가족은 시골로 원족 비슷한 것을 갔다. 산비알 같은 새끼들을 넷이나 낳았는데도 엄마는 서른 살의 자태 고운 여인이었다. 가쁜 숨을 못 가누고 처져 있는 낯빛이 파리한 남편의 걸음에 애써 보폭을 맞추면서도, 엄마는 가끔 꽃고무신에 얹힌 먼지를 흰 손수건으로 닦아냈다. 고수머리 아래 숱이 짙은 눈썹을 꿈틀거리며 고운 아내를 바라보는 폐병쟁이 남편의 눈길이 처연했다.

푸르른 보리가 봄들판에 넘실대고 갈맷빛 산그늘 아래에는 꽃나무들이 틔워낸 꽃보무라지들이 꽃사태를 이루고 있었다. 엄마는 찔레꽃 가시 울짱이 둘러진 마

을을 잰걸음으로 벗어나고 있었다. 그녀의 친정, 우리
들의 외갓집 동네를 우리 가족은 도둑 살쾡이처럼 소
리없이 지나쳐 갔다.

　마을을 벗어난 우리는 키 큰 미루나무들이 햇살에
반짝이는 강가에 이르렀다. 강가에는 외삼촌이 서 있
었다. 삼촌은 괴어놓은 무돌에 거북이 등짝만한 쇠솥
을 얹고 장작불을 지피면서 물을 끓이고 있었다. 소매
를 걷어붙인 삼촌의 팔뚝엔 힘줄이 불거져 있었다. 구
릿빛 웃는 얼굴이 우리들 앞에 성큼 다가왔다.

　「누님 오시느라 욕봤소 잉! 어따, 우리 새끼들 은제
이렇게 오지게 커부렀다요. 매형, 오셨소. 다들 여까
지 오느라 애썼소」

　잇바디를 드러내고 걸걸한 음성으로 우리를 맞이한
삼촌은 크고 넓적한 손바닥으로 조카들의 머리통을 문
질러댔다. 아버지는 멀찍이 떨어져 앉아 밭은 기침을
해댔다. 쥐면 바스러질 것 같은 좁장한 어깨를 들썩거
린 후에 건장한 처남을 건너다보는 아버지의 얼굴은
금방이라도 뚜욱 떨어질 것 같은 해당화 꽃빛이었다.

　삼촌은 한 손에 마대 포대를 들고 성큼성큼 산 속으
로 걸어가고 있었다. 우리 네 형제는 원색 그림처럼
펼쳐진 시골 풍경 앞에 환호성을 지르며 잔물결 흐벅

진 강물에 돌멩이를 던져 물수제비를 뜨며 쌀강아지들처럼 껑충거렸다. 엄마는 날아오르는 불티들을 한 손으로 훼훼 젓고, 다른 한 손으로는 불땀을 올리기 위해 연신 부채질을 해댔다.

아버지는 허청거리며 일어서서 걸어가더니, 한참 후에 실하게 익은 청보리 대궁이를 한 움큼 쥐고 왔다. 쇠솥 밑에 던져진 보리가 익는 고소한 냄새가 강바람을 타고 우리들의 군입을 자극했다. 시커멓게 탄 보리 껍질을 까부르며 허기를 지우는 우리들의 구부린 잔등 위로 따스한 햇살이 녹아들면서 한낮이 흐르고 있었다.

드디어 외삼촌이 마대 자루를 어깨에 들쳐 메고 나타났다. 꿈틀거리는 마대 자루의 주둥이를 힘껏 동여매고 있던 삼촌의 이마엔 땀이 송골송골 맺혀 있었다. 펄펄 끓고 있던 무쇠 솥에 자루를 통째로 집어넣자, 손아귀 힘으로 여며 있던 마대의 주둥이가 열리면서 뱀이 대가리를 쳐들었다.

「매형, 얼릉 뚜껑 닫으쇼. 누님, 옆에 있는 돌뎅이 싸게 갖고 오쇼. 싸게」

뚜껑을 밀어젖히는 뱀의 벗겨져 가던 맨대가리, 요동질 치며 출렁거리는 뱀허리, 무쇠 솥을 닫고 바윗돌을 누르던 삼촌의 불끈거리던 핏줄을 우리는 숨죽이며 지켜보았다. 할딱거리는 숨을 입으로 가리며 뜨거운 열탕에 온몸이 찢어져 가며 녹아가는 무쇠 솥 안의 뱀을 상상하면서 나는 진저리를 쳤다. 아직 덜 여문 정수리를 뚫고 나오려던 내 안의 이상야릇한 힘이 낯설어서 어린 나는 이마에 배어드는 땀을 닦을 생각도 못하고 끽끽거리고 있었다.

삼촌이 한 짐 부려놓은 장작이 뱀의 갈라진 혓바닥처럼 불길을 날름거리며 무쇠 솥을 달구고 있었다. 강 건너 산그늘이 길고 깊게 강수면을 덮어가고 있었다. 삼촌은 누이가 청상과부가 되지 않도록 해동갑을 하며 불을 땠다. 해가 지고 소슬한 바람이 설명한 우리들의 옷 속으로 기어들어 왔다. 삼촌은 마침내 무쇠 솥을 열고 사기 그릇에 한가득 사약(巳藥)을 퍼내어 아버지에게 건넸다. 아버지는 가늘게 미간을 좁히더니, 두 손으로 그릇을 받들고 뉘지근하게 녹아든 뱀국물을 마셨다. 아버지를 쳐다보는 내 입안 가득 비린 맛이 고여왔다.

미루나무 잎사귀에 매달려 은린(銀鱗)처럼 반짝이던 햇빛도 사라지고, 강의 말미도 석양에 흐려지면서 우리들의 원족도 끝이 났다. 길고도 긴 봄날의 가난한

192

가족의 원족. 자꾸만 감겨오는 눈까풀에 하늘에 돋은 몇 점의 별빛이 내려앉았다. 업어주려고 등을 내게로 돌린 엄마의 방울 무늬 자오록한 저고리가 보였다. 나는 두 손으로 깍지를 껴 엄마의 목을 감고 땀에 젖은 엄마의 등에 얼굴을 묻고 귀잠에 떨어지고 말았다.

5

엄마와 함께 하는 원족도 끝이 나고 나는 혼자, 걸어서 학교에 가야만 했다. 삼학년이 된 나의 학습 능력은 겨우 한글만 해독하는 지경이었다. 당연히 교우 관계나 학교 생활에서 나는 헤매고 있었다. 고무줄 놀이도 제대로 해내지 못하고, 조금만 뛰어도 핏기가 가신 창백한 낯으로 뒤처지는 나를 친구로 삼아줄 아이는 아무도 없었다.

굼뜬 걸음으로 학교에 닿으면 언제나 교문은 닫혀 있었다. 붉은 벽돌로 지은 일제식 교사(校舍)는 늦은 아침의 햇빛에 잠겨 있었다. 텅 빈 운동장엔 빈 그네들과 철봉대가 휑뎅그레 놓여 있었다. 무게 중심을 못 잡고 한쪽이 치켜올려진 시소 너머로 반 아이들이 일제히 머리를 칠판으로 향하고 정자세로 앉아 일교시 수업을 받고 있는 것이 보였다.

모든 것이 햇빛의 빗장에 갇혀 있는 것만 같았다. 그 적요로운 풍경 속에 나는 한 발도 들이밀 수 없었다. 공포가 밀려왔다. 교문의 쇠창살을 붙들고 서 있다가 나는 몸을 돌렸다. 학교 담장에 줄지어 서 있는 은사시나무의 잎들이 순간 예리하고도 투명한 빛 하나를 튕겨내고 있는 것이 보였다. 나는 눈을 질끈 감았다.

가방의 어깨 끈을 붙잡고 냅다 뛰기 시작했다. 땀 먹은 고무신이 미끈거리고 양철 필통 속의 연필들이 부딪히는 소리가 심하게 들려왔지만 나는 멈추지 않고 계속 뛰었다. 중앙 문방구점, 대흥 양복점, 맛나 빵집, 현대 극장 간판들이 휙휙 스쳐 지나갔다.

복찻다리를 건너, 공원 광장에 이르러서야 나는 달음질을 멈추었다. 실로폰을 마구 두드린 것처럼 가슴이 쿵쾅거렸고 손바닥엔 땀이 축축하게 배었다. 공작 시간에 쓸 수수깡을 살 돈으로 보름달 빵을 사먹으면서 늙고 병든 상이군인처럼 나는 하루 종일 공원 광장을 배회했다.

날장구를 쳐대는 노파 주위에서 어깻죽지를 웨죽웨

죽 흔들어대는 노인들을 지켜보다가, 맨땅에 신문지를 깔고 내기 화투를 쳐대는 핏발 선 눈을 한 허름한 중년 사내들의 버성기는 고함소리를 들으며 어슬렁거리는 한나절은 너무도 길었다. 두렵고 외롭고 막막했다. 광장에 쓰레기 봉지처럼 흩어져 있는 더럽고 냄새 나는 재색 비둘기들 앞에 앉아 맨손바닥을 내밀어도 보았지만, 노회하기 짝이 없는 늙은 비둘기들은 부리조차 대지 않았다.

어느덧 해가 뉘엿뉘엿 지고 있었다. 빈 배에 막술을 성급하게 털어넣은 술 취한 사내들이 무너질 듯 계단을 위태롭게 내려가고 있었다. 광장에 모여들기 시작한 리어카의 카바이드불이 반딧불처럼 점점이 빛나기 시작했다.

나는 종잇장처럼 얇아진 배를 움켜쥐고 집으로 향했다. 집으로 향하는 곳에 복찻다리가 있었다. 다리를 건너다가 나는 멈춰 섰다. 다리 밑에서 연기가 피어오르고 있었다. 복찻다리 난간을 붙들고 서서 나는 다리 밑을 내려다보았다. 양아치와 어더배기가 보였다. 그들은 주워온 골판지나 헌 종이 따위로 모닥불을 지펴서 따뜻한 저녁 식사를 하고 있었다. 젖먹이를 처네에 받치고 서서 한술 뜨는 여인과 시커멓게 수염이 덮인

귀알잡이 사내와 올망졸망한 아이들이 한 양푼에 달라붙어 부산스럽게 숟가락질을 해대고 있었다. 그때 한 계집아이가 다리 난간에 붙어서 있는 나를 올려다보았다. 그 애의 밥알 묻은 숟가락이 허공에서 순간 정지했다.

엄춘옥. 지지한 구정물 냄새가 난다고 반 아이들에게 따돌림을 받고 있는 아이였다. 머리가 모자란 것도 아닌데 그 애는 아이들의 눈흘김과 따돌림에 그닥 신경을 쓰지 않는 것 같았다. 작은 키임에도 불구하고 짝꿍도 없이 교실의 맨 끝 구석에 늘상 혼자 앉아 있던 그 애는 꼬질꼬질한 손으로 귀지를 파내거나 다리를 건들거리며 유행가를 읊조리곤 해서 교실 밖 복도로 늘상 쫓겨나곤 했다. 또래들 사이에서 금 밖으로 밀려나기는 그 애나 나나 매한가지였다.

그 애가 나를 향해 손을 까딱거렸다. 다리 밑으로 내려오라는 수신호였다. 머뭇거리는 나를 그 애의 식구들이 올려다보았다. 맑고 착한 열 개의 검은 눈들이, 어여 오라고 말없이 나를 부르고 있었다. 왈칵 서러워진 나는 고개를 수그리고 다리 밑 계단을 향하는 대신 집 쪽으로 발길을 돌리고 말았다.

6

장기 결석이 잦은 병약한 아이를 위해 애정과 관심으로 애면글면 챙겨주는 선생님은 없었다. 복찻다리 난간에서 거지질을 해서 얻어온 밥 양푼에 홀리듯 시선을 보냈던 나와 무람없이 끼니를 함께 하자는 눈길을 보내준 춘옥이와의 친화는 어쩌면 너무도 자연스러운 일인지도 몰랐다.

그 애의 손에 이끌려 어린 나조차도 몸을 구부려야만 들어갈 수 있는 다리 밑 움터에 놀러 갔다. 다리 바로 밑에 사람의 집이 있다는 것이 신기했다. 한낮인데도 다리 밑 움터는 굴 속처럼 어둡고 습습했다.

한가운데쯤에 이르렀을 때, 구석에서 무엇인가가 몽그작거렸다. 어둠에 익숙해지지 않은 내 시선에 그것은 흡사 짐승의 몸짓처럼 느껴졌다. 춘옥이는 두려움에 주춤거리는 내 손을 잡아 앉혔다.

「춘옥이냐? 이쁘고 귀한 손님이 오셨네. 오늘 손이 올 줄 알았다」

어둠 속에서 따뜻한 남자의 음성이 먼저 들려왔다.

「으응, 삼추운. 내 친구야. 참 이쁘지?」

치이잇. 성냥불을 켜서 질그릇 등잔에 심지를 돋운

뒤에, 손바닥으로 바닥을 짚으면서 무릎걸음으로 느리게 한 사내가 다가왔다. 조그만 몸짓에도 콘크리트 벽과 보꾹에 크게 일렁이는 그림자의 주인은, 정작 바라보니 너무도 왜소했다.

음엽(陰葉)처럼 파리한 얼굴에 가늠하기 어려운 감정이 담긴 큰 눈동자. 나를 건너다보는, 젖은 숫돌처럼 검게 반짝이는 시선. 들여다보는 나를 서늘하고 섬뜩하게 만들어버리던 눈빛. 하루에 만리를 가고 먼 지방의 말까지도 통한다는, 두 귀 사이 혹은 코 위에 불〔火〕이 있다는, 전설상의 동물인 각단(角端)의 눈빛이 그랬을까. 그의 병약한 신체에서 내뿜어져 나오는 섬광이 내 등줄기를 쩌르르 훑고 지나갔다.

빗장뼈가 도드라진 깡마른 사내가, 먹먹하게 차오르는 감정을 어쩌지 못하고 콘크리트의 냉기가 배인 바닥을 문질러대는 내 손을 가만히 잡았다. 실막대같이 가는 손가락들이 다족류의 촉수처럼 내 손을 조심스럽게 덮었다. 희고 섬세하고 따뜻한 손이었다. 설핏 훔쳐본 그의 옆얼굴이 노오란 등잔불 빛에 단정한 윤곽을 드러내고 있었다. 어떤 사특함도 이기심도 들어 있지 않은 백자 호리병처럼 고운 얼굴이었다. 서른 살을 갓 넘겼을까. 애이불비(哀而不悲)의 깊은 표정이

밴 얼굴이 열 살배기 계집애의 눈에도 불가사의한 매혹으로 비쳤다.

「이렇게 예쁜 손님이 왔는데도 대접할 것이 하나도 없네」

이마로 내려오는 긴 머리카락을 쓸어올리며 사내가 말했다.

「삼촌. 재밌는 이야기 해줘. 아무거나. 응? 삼촌 이야기는 뭐든지 다 재밌으니까」

「이야기? 이야기 좋아하믄 나처럼 거렁뱅이 되는데. 하하하. 그래도 오늘은 특별한 손님이 오셨으니까 이야기를 들려줄게」

사내는 피라미드식으로 늘어놓은 화투 패를 한쪽으로 밀어놓으며 이야기를 시작했다.

「옛날 옛적에 원숭이 한 마리가 살고 있었어. 엄마 원숭이가 병으로 일찍 죽은 뒤에 아빠 원숭이마저 다른 종족의 원숭이들과 싸우다가 심하게 다쳐 시름시름 앓다가 그만 죽고 말았지. 고아가 된 어린 원숭이는 호랑이를 만나도 지혜롭게 물리치고 꿋꿋하게 밀림을 헤쳐 나갔지. 어떤 원숭이보다도 나무를 잘 타고, 아무리 높이 매달린 열매라도 귀신처럼 올라가 따내는 재주를 갖고 있었어. 용감하고 씩씩한 원숭이는 무력

무럭 자라났어. 힘도 세고 잘생긴 총각 원숭이를 시샘하는 원숭이들이 많았어. 나쁜 원숭이들이 우리의 원숭이를 해치기 위해 지나는 길목에 날카롭고 뾰족한 나뭇가지를 숨겨놓거나 여럿이 모여 깊고 깊은 함정을 파곤 했지. 영리한 원숭이는 그때마다 위험을 잘 피해 나갔단다. 그러던 어느 날, 영리한 원숭이는 교활한 원숭이들이 풀로 위장해 놓은 덫에 치여 발목을 심하게 다쳤단다. 뼈가 드러나고 빨간 피가 줄줄 흘렀단다. 깊은 산 속의 높은 벼랑에 핀 약초만이 상처를 치유할 수 있다는 것을 알게 된 원숭이는 아픈 다리를 절뚝이며 벼랑에 핀 약초를 캐러 길을 떠났지. 가는 도중에 불바다도 만나고 마귀도 만났지만, 결국은 약초를 발견해서 상처에 처맸지. 아무것도 먹지 않고 굴 속에 들어앉아 원숭이는 다친 발목을 낫게 만들고야 말았어. 그전보다 더 튼튼해진 고래 힘줄 같은 근육으로 일어서서 다시 마을로 당당하게 돌아왔지. 더욱더 늠름해진 원숭이를 사랑하는 처녀 원숭이들이 많아졌지. 그 마을엔 누구라도 숨을 멈추는 아름답고 착한 처녀 원숭이가 있었단다. 그 처녀 원숭이는 다른 원숭이들의 온갖 친절에도 눈 하나 깜짝하지 않고 오직 늠름한 원숭이만을 사랑했지. 그 마을의 우두머리 원숭이도 그 처녀 원숭이를 사랑했단다. 우두머리 원숭이와 늠름한 원숭이는 처녀 원숭이를 놓고 싸움을 벌였단다. 힘이 달린 우두머리 원숭이는 자신의 조무래기 원숭이들과 함께 달려들었단다. 아무리 힘이 센 원숭이어도 혼자서 상대하기에는 힘이 달렸단다. 겨우 목숨을 건진 원숭이는 마을에서 쫓겨나 아무도 살지 않는 외딴 곳으로 가게 되었지. 처녀 원숭이가 있는 마을이 바라보이는 높은 나무에 올라가 하루하루를 보냈단다. 너무도 슬프고 외로운 원숭이는 어느 날 나무에서 뛰어내려 그만 죽고 말았대. 끄읕」

「벌써 끝났어? 주인공이 죽으면 어떡해, 삼촌. 처녀 원숭이랑 결혼해서 행복하게 오래오래 살아야지」

「원숭이의 몸은 땅에 떨어져 죽었지만, 영혼은 천사가 받아내서 다른 몸으로 바뀌었대」

「그럼 그렇지. 죽은 뒤에 뭐가 됐는데?」

「춘옥이 삼촌이 됐지. 하하하」

나는 전생에 늠름한 원숭이였던, 천사가 받아낸 슬프고 외로운 영혼이 이승에서마저 앉은뱅이 몸을 빌어 환생한 저주받은 그의 운명에 목이 메어왔다.

학교에 가지 않는 날이면 늘 그에게로 갔다. 마른 그의 다리를 흔들어 이야기를 조르면 늘상, 이야기를 좋아하면 가난해진단다, 라는 말을 서두로 꺼내면서도 그는 단 한번도 거절하지 않았다.

그의 이야기는 언제나 슬펐다. 그는 세상에서 상상할 수 있고 꾸며낼 수 있는 슬프고도 가슴 아픈 이야기의 수집가였다. 어떤 처녀도 찾아올 리 만무한, 고독한 그가 할 수 있는 일이라곤 닳고 닳은 화투패로 일진을 점치거나 이야기를 만들어내는 것이었을 게다. 그가 지어낸 이야기는 콩쥐와 장화홍련, 신데렐라와 인어공주 따위의 이야기가 뒤섞인 비극투성이었다. 그런데도 그 슬픈 이야기들은 이상하게도 끔찍하게 매력적이었고 진저리 쳐지도록 아름다웠다.

쌀 한 톨 빌러 다닐 수도, 넝마 줍는 양아치조차도 될 수 없는 불구의 신체 때문에 자기 이야기 속의 주인공들을 발이 부르트고 신발이 해지도록 세상 밖으로 헤매이게 했던 걸까. 상처와 고난과 굴절 많은 생을 헤쳐가는 주인공들에게서 나는 동질감을 느끼곤 했다. 앉은뱅이 삼촌의 자줏빛 도는 입술 밖으로 술술 풀려나오는 그 비련의 주인공들 이야기는 그의 감수성으로 빛이 나고, 움터 밖으로 단 한 발짝도 나올 수 없는 절망스런 상황에 대한 보상심리 때문인지 더욱 과장된 절실함 덕에 윤이 났다.

나도 엄마를 잃고 싶었고 한없이 누추하고 가난해 져 거친 들판에 서성이고 싶은 절박함으로 눈물을 줄 줄 흘리며 그의 이야기에 탐닉했다. 그때 내게 이야기 는 치유였고 구원이었다. 비애의 감정은 이상하게도 학교에서 오금 굳고 병신처럼 따돌림을 당하는 내 상 처난 가슴을 다독거리는 힘이 있었다. 슬픔은 가시 돋 친 마음을 누그러뜨렸고, 약함이 세상의 강한 것들의 힘을 무장해제시킨다는 이야기의 결말은 소외된 마음 에 더할 나위 없는 위안이 되었다.

집으로 돌아와 나는 그가 들려준 이야기들을 일기 장 가득히 쓰기 시작했다. 이 세상에 있는 어떤 동화 책들보다 더 슬프고 훨씬 더 아름다운 이야기들을 지 어내고 싶었다.

ㄱ

시청의 철거 작업이 있던 날은 다리 밑 움터를 수몰 시킬 듯 늦은 가을비가 쏟아져 내렸다. 하천은 불어난 물로 온통 오물투성이였다. 철거반원들이 다리 밑에 질렀던 불은 검은 연기만 퍼올려내고 있었다. 춘옥이와 식구들이 밥 비벼먹던 양은 식기가 비안개 서늘한 한기에 떨며 흙탕에 나뒹굴고 있었다. 허름하고 초라한 이불 몇 채가 떨어지는 비에 흠씬 젖어 있었다.

춘옥이 엄마는 뜯어말리다 지친 듯 헝클어진 머리채를 추스르지도 않은 채 넋을 놓고 망연히 서 있을 뿐이었다. 철거반원들이 움터로 기어들어가 집기들을 끄집어 밖으로 던지고 있었다. 앉은뱅이 그마저 더럽고 냄새 나는 집기 들어내듯 왁살스럽게 다리 밑으로 던져지는 것은 아닐까. 나는 와들와들 떨며 철거반원들이 움터 밖으로 나올 때까지 지켜보았다.

복찻다리 난간을 붙들고 서서 나는 앉은뱅이 삼촌을 눈으로 찾고 있었다. 울지 않고 입술을 깨문 춘옥의 곁에 걷지 못하는 그는, 없었다. 어디에도 그의 모습은 보이지 않았다.

그날 저녁 나는 고열에 시달리며 지독한 감기 몸살을 앓았다. 높은 나무에서 원숭이 한 마리가 떨어져 내리는 꿈을 꾸었다. 원숭이를 받아내야 하는데…….추락하는 원숭이를 받아낼 줄 아는 천사가 되지 못한 나는 비명을 질렀다. 내 비명 소리에 깨어 요에서 벌떡 일어났다.

후들거리는 무릎에 손을 얹고 앉아보았다. 책가방

에서 일기장을 꺼냈다. 필통 속의 연필들은 심이 닳아 끝이 뭉툭했다. 가늘고 길게 연필의 심지를 깎아 필통 속에 가지런히 놓아주곤 했던 그가 생각났다. 칼을 들어 그처럼 연필을 깎기 시작했다. 열 때문에 손이 떨렸다. 두 자루째 연필을 깎다가 그만 손가락을 베고 말았다. 피가 떨어져 내리면서 일기장을 붉게 적셨다. 피로 얼룩진 일기장을 보면서, 나는 무릎에 얼굴을 처박고 울기 시작했다.

8

바람 불면 날개의 흔적이 없이도 존재의 사향(麝香)이 짙은 사향나비. 만인이 지나치는 복찻다리 밑에 꿈쩍 않고 들어앉아 올 고운 이야기의 피륙을 짜는 앉은뱅이. 우원(迂遠)한 이승의 길을 떠난 앉은뱅이 사내의 고독한 영혼은 무슨 몸을 받아 환생했을까. 전생에 자신이 원숭이었다고 믿은 그가 현생에서는 앉은뱅이 병신의 몸을 받았으니, 다음 생에서는 누린내 나는 몸뚱이조차 없는 탈속한 영(靈)이 되었을까. 너무도 쓸쓸하고 외로워서 자살한 다른 원숭이의 넋을 받아내려고 맑고 밝은 눈을 뜨고 천상에서 내려다보고 있는 것은 아닐까. 어쩌면 그는 살아 있는지도 모른다. 내 집 밖 어딘가 굴혈에 틀어박혀 지상에서 못다 한, 세상에서 가장 슬픈 마지막 이야기를 지어내고 있는지도……

작가의 말

앙코르와트 사원의 벽에 대고 한 사내가 통곡에 가까운 사랑을 고백한다. 사랑은 그에게 언제, 어떻게, 어디에라고 물었는데, 그 사내는 비겁하게도 아마도, 아마도, 아마도(Quizas, Quizas, Quizas)라고만 대답했을 뿐이다. 속마음을 털어놓지 못하고 보낸 회한의 절절함이 격렬하게 그 사내의 수그린 어깨를 흔들어댄다. 〈아마도〉의 사랑, 「화양연화」 조조 프로를 보고 난 뒤 지천으로 쏟아지는 햇빛을 감당하지 못해 친구와 나는 술을 나눠 마셨다.

사랑 얘기라고 해서 남녀상열지사를 기대했드만, 긍께 저것들이 한 것이 뭐시냐고 시방. 몸 따로, 마음 따로. 징헌 사랑이구만 징헌 사랑.

계속 궁시렁대는 친구에게 내가 기껏 뱉어낸 말.

우리가 「화양연화」를 보러 왔지 「화냥년아」를 보러 온 것은 아니잖냐, 이 아줌마야.

만성 속쓰림과 빈혈, 산만한 건망증이 지병으로 굳어져 가는 나이에 불경스럽게 사랑을 꿈꾸었던가. 희망에 속지 않는 천진함을 버린 댓가로 치유 불가능한 속물이 되어버린 나이. 그리움조차 치욕이 되어버린 이 나이에 곤혹스럽게도 소설을 쓰고 싶은 욕망은 또 뭐란 말인가. 잘못될 가능성이 있는 것은 반드시 일어난다는 머피의 법칙과 일어나지 말았으면 하는 일은 기필코 벌어지고야 마는 검퍼슨의 법칙이 내 삶의 법칙으로 굳어가는 것에 치를 떨면서도, 감동을 주는 이야기를 써낼 수 있는 희망의 법칙 하나만이라도 남아 있기를 바라다니. 감동은 아무나 주나. 소설이 현실을 뛰어넘지 못하고 현실이 소설보다 훨씬 소설답다는 것을 너무나 잘 아는데도, 그래도 나는 소설의 멱살을 잡고 뒹굴고 싶다.

요즈음, 특별히 아름다운 시절도 아니었건만 유년의 상처 없고 따뜻했던 날에 대한 기억들을 되작이곤 한다. 퇴행하고 있다는 명백한 증거다. 나는 퇴행한다, 고로 늙어간다. 오래 버티는 희망도 없지만 끝까지 가는 불행도 없다는 것을 이제는 안다. 그래도 가끔 새벽에 홀로 잠이 깨면, 비명이 터질 것 같아 입을 틀어막는다. 삶의 한복판에 내다 버려진 고아 같은 춥고 고약한 느낌. 늙어갈수록 생의 고아들을 많이 만난다. 이미 어미가 되고 아비가 되었음에도 늙은 고아들은 절박하게 엄마 찾아 삼만리를 헤매고 다닌다. 끊임없이 도망칠 궁리만 하는 고아처럼 그들을 묶는 일상의 줄을 풀고 필사적으로 탈출하고 싶어한다. 마음의 육갑, 몸의 바람기는 죽기 전에는 해결하지 못할 터, 이 땅의 타락천사들에게 축복 있을진저.

이제는 오직 죽음만이 마지막 남은 〈첫〉경험이 될 내게 〈첫〉책이라는 떨리는 선물을 준 민음사에 감사드린다. 조성기 선생님과 김미현 선생님께도 감사드린다. 아울러 나를 안 죄로 내 소설의 등장인물이 되기 위해 볼모로 잡혀 온 사람들에게 이 자리를 빌어 사죄한다. 이미 저승으로 번지수를 옮긴 두 분의 아버지와 사랑하는 가족들과 친구들, 그리고 여전히 내겐 너무나 아름다운 당신에게 이 책이 작은 위안이 되었으면 한다.

이화경

1964년 광주 출생.
전남대 영문과 및 전북대 국문과 대학원을 졸업했으며
1997년 ≪세계의 문학≫에 「둥근잎나팔꽃」을 발표하며 등단했다.

수화

1판 1쇄 찍음 2001년 4월 20일
1판 1쇄 펴냄 2001년 4월 25일

지은이 이화경
펴낸이 박맹호
펴낸곳 (주) 민음사

출판등록 1966. 5. 19. 제16-490호
서울 강남구 신사동 506번지 강남출판문화센터 5층 (우)135-887
대표전화 515-2000 팩시밀리 515-2007
www.minumsa.com

ⓒ 이화경, 2001. Printed in Seoul, Korea

ISBN 89-374-0366-8 03810